蘑菇圈

Fairy Ring

人民文学出版社

图书在版编目(CIP)数据

蘑菇圈/阿来著. —北京:人民文学出版社,2015(2024.2重印)
ISBN 978-7-02-011177-0

Ⅰ.①蘑… Ⅱ.①阿… Ⅲ.①中篇小说-中国-当代
Ⅳ.①I247.5

中国版本图书馆 CIP 数据核字(2015)第 256156 号

责任编辑　李　娜　　杜玉花
装帧设计　蔡立国
封面插画　王　琦
内文插画　张铭铭

出版发行　人民文学出版社
社　　址　北京市朝内大街 166 号
邮政编码　100705

印　　制　山东临沂新华印刷物流集团
经　　销　全国新华书店等

字　　数　80 千字
开　　本　787 毫米×1092 毫米　1/32
印　　张　6
版　　次　2016 年 8 月北京第 1 版
印　　次　2024 年 2 月第 5 次印刷

书　　号　978-7-02-011177-0
定　　价　49.00 元

如有印装质量问题,请与本社图书销售中心调换。电话:01065233595

/ 序
文学更重要之点在人生况味

有十年没写过中篇了。十年前在日本访问时，泡那里的温泉，突然想起青藏高原上的温泉，写了一篇《遥远的温泉》。后来就再也没有写过了。

今年突然起意，要写几篇从青藏高原上出产的，被今天的消费社会强烈需求的物产入手的小说。第一篇，《三只虫草》。第二篇，《蘑菇圈》。第三篇，《河上柏影》。

今天，中国人对于边疆地带，对于异质文化地带的态度，跟过去已经有了很大的改变。过去的中国人向往边疆是建功立业，"单车欲问边，属国过居延"。

而在今天消费主义盛行的时代，如果这样的地方不是具有旅游价值，基本上已被大部分人所遗忘。除此之外，如果这些地带还被人记挂，一定有些特别的物产。比如虫草，比如松茸。所以，我决定以这样特别的物产作为入口，来观察这些需求对于当地社会，对当地人群的影响。

写作中，我警惕自己不要写成奇异的乡土志，不要因为所涉之物是珍贵的食材写成舌尖上的什么，从而把自己变成一个味觉发达，且找得到一组别致词汇来形容这些味觉的风雅吃货。我相信，文学更重要之点在人生况味，在人性的晦暗或明亮，在多变的尘世带给我们的强烈命运之感，在生命的坚韧与情感的深厚。

我愿意写出生命所经历的磨难、罪过、悲苦，但我更愿意写出经历过这一切后，人性的温暖。即便看起来，这个世界还在向着贪婪与罪过滑行，但我还是愿意对人性保持温暖的向往。就像我的主人公所护持的生生不息的蘑菇圈。

阿来

2015 年 5 月

早先，蘑菇是机村人对一切菌类的总称。

　　五月，或者六月，第一种蘑菇开始在草坡上出现。就是那种可以放牧牛羊的平缓草坡。那时禾草科和豆科的草们叶片正在柔嫩多汁的时节。一场夜雨下来，无论直立的茎与匍匐的茎都吱吱咕咕地生长。草地上星散着团团灌丛，高山柳、绣线菊、小蘖和鲜卑花。草蔓延到灌丛的阴凉下，疯长的势头就弱了，总要剩下些潮湿的泥地给盘曲的树根和苔藓。

　　五月，或者六月，某一天，群山间突然就响起了布谷鸟的鸣叫。那声音被温暖湿润的风播送着，明净，悠远，陡然将盘曲的山谷都变得幽深宽广了。

布谷的叫声中，白昼一天比一天漫长了。

阿妈斯炯说，要是布谷鸟不飞来，不鸣叫，不把白天一点点变长，这夏天就没有这么多意思了。

那个时候，阿妈斯炯还年轻，还是斯炯姑娘。

那时应该是1955年，机村没有去当兵的人，没有参加工作成为干部的人，没有去县里农业中学上学的人，没有抽调到筑路队去修公路的人，以及那些早年出了家，在距村子五十里地宝胜寺当和尚的人，都会听到这一年中最初的鸟鸣声。听见山林里传来这一年第一声清丽悠长的布谷鸟鸣时，人们会停下手里正做着的活，停下嘴里正说着的话，凝神谛听一阵，然后有人就说，最先的蘑菇要长出来了。也许还会说别的什么话。但那些话都随风飘散了，只有这句话一年年都在被人说起。

也就是说，当一年中最初的布谷鸟叫声响起的时候，机村正在循环往复着的生活会小小地停顿一下，谛听一阵，然后，说句什么话，然后，生活继续。

那时，大堆的白云被强烈的阳光透耀得闪闪发光。

谁也不知道机村在这雪山下的山谷中这样存在着

有多少年了，但每一年，布谷鸟都会飞来，会停在某一株核桃树上，某一片白桦林中，把身子藏在绿树荫里，突然敞开喉咙，开始悠长的，把日子变深的鸣叫。因此之故，机村的每一年，在春深之时的某一刻，日子会突然停顿一下，在麦地里拔草的人，在牧场上修理畜栏的人，会停下手里的活计，直起腰来，凝神谛听，一声，两声，三声，四五六七声。然后又弯下腰身，继续劳作。即便他们都被生存重压弄得总是弯着腰肢，面对着大地辛勤劳作，到了这一刻，都会停下手中无始无终的活计，直起腰来，谛听一下这显示季节转好的声音。甚至还会望望天，望望天上的流云。

不止是机村，机村周围的村庄，在某个春深的上午，阳光朗照，草和树，和水，和山岩都闪闪发光之时，出现这样一个美妙而短暂的停顿；不止机村，不止是机村周围那些村庄，还有机村周围那些村庄周围的村庄，在某一时刻，都会出现这样一次庄重的停顿。这些村庄星散在邛崃山脉、岷山山脉和横断山脉，这些村庄遍布大渡河上游、岷江上游、青衣江上游那些高海拔的河谷。

那个停顿出现时，其他村庄的人凝神谛听之余会说点什么，机村人不知道。但机村肯定会有一个人会说，今年的第一种蘑菇要长出来了。那时，机村山上所有的蘑菇都叫蘑菇。最多分为没有毒的蘑菇和有毒的蘑菇。而到了这个故事开始的 1955 年或是 1956 年，人们开始把没有毒的蘑菇分门别类了。杜鹃鸟再开始啼叫的时候，在 1956 年，机村人的就说，瞧，羊肚菌要长出来了。

是的，羊肚菌就是机村那些草坡上破土而出的第一种蘑菇。羊肚菌也是第一种让机村人知道准确命名的蘑菇。

它们就在悠长的布谷鸟叫声中，从那些草坡边缘灌木丛的阴凉下破土而出。

像是一件寻常事，又像是一种奇迹，这一年的第一种蘑菇，名字唤做羊肚菌的，开始破土而出。

那是森林地带富含营养的疏松潮润的黑土。土的表面混杂着枯叶、残枝、草茎、苔藓。软软的羊肚菌悄无声息，顶开了黑土和黑土中那些丰富的混杂物，露出了一只又一只暗褐色的尖顶。布谷鸟也许就是在这个时候开始鸣叫的，所以，长在机村山坡上的羊肚菌也和整个村子一起，停顿了一下，谛听了几声鸟鸣。掌管生活与时间的神灵按了一下暂停键，山坡下，河岸边，机村那些覆盖着木瓦或石板的房屋上稀薄的炊烟也停顿下来了。

只有一种鸟叫声充满的世界是多么安静呀！

所有卵生、胎生，一切有想、非有想的生命都在谛听。

然后，暂停键解了锁，村子上蓝色炊烟复又缭绕，布谷之外，其他鸟也开始鸣叫。比如画眉，比如噪鹛。比如血雉。世界前进，生活继续。

经历了那奇幻一刻的名唤羊肚菌的那一种蘑菇又开始生长。

刚才，它用尖顶拱破了黑土，现在，它宽大的身子开始用力，无声而坚定地上升，拱出了地表。现在，它完整地从黑土和黑土中掺杂的那些枯枝败叶中拱出了全部身子，完整地立在地面上了。从灌木丛枝叶间漏下星星点点的光落在它身上。风吹来，枝叶晃动，那些光斑也就从它身上滑下来，落在地上。不过，不要紧，又有一些新的光斑会把它照亮。

这朵菌子站在树荫下，像一把没有张开的雨伞，上半部是一个褐色透明的小尖塔，下半部，是拇指粗细的菌柄，是那只雨伞状物的把手。这朵菌子并不孤独，它的周围，这里，那里，也有同样的蘑菇在重复它出现的那个过程，从黑土和腐殖质下拱将出来，头上顶着一些枯枝败叶，站立在这个新鲜的世界上。风在吹动，它们身上特有的气味开始散发出来。阳光漏过枝叶，照见它们尖塔状的上半身，按照仿生学的原理，连环着一个又一个蜂窝状的坑。不是模仿蜂巢，而是像极了一只翻转过的羊肚的表面。所以，机村山坡上这些一年中最早的菌子，按照仿生学命名法，唤做了羊肚菌。

布谷鸟叫声响起这一天，在山上的人，无论是放牧打猎，还是采药，听到鸟叫后，眼光都会在灌丛脚下逡巡，都会看到这一年最早的蘑菇破土而出。他们都会不约而同把这种蘑菇小心采下，在溪边采一张或两张有五六个或七八个巴掌大的掌形的橐吾叶子松松地包裹起来，浸在冰凉的溪水中，待夕阳西下时，带

下山回到村庄。

这个夜晚，机村几乎家家尝鲜，品尝这种鲜美娇嫩的蘑菇。

做法也很简单。用的牛奶烹煮。这个季节，母牛们正在为出生两三个月的牛犊哺乳，乳房饱满。没有脱脂的牛奶那样浓稠，羊肚菌娇嫩脆滑，烹煮出来自是超凡的美味。但机村并没有因此发展出一种关于美味的感官文化迷恋。他们烹煮这一顿新鲜蘑菇，更多的意义，像是赞叹与感激自然之神丰厚的赏赐。然后，他们几乎就将这四处破土而出的美味蘑菇遗忘在山间。

眼见得菌伞打开了，露出里面白生生的裙摆，他们也视而不见。眼见得菌伞沐风栉雨，慢慢萎软，腐败，美丽的聚合体分解成分子原子孢子，重又回到黑土中间，他们也不心疼，也不觉得暴殄天物，依然浓茶粗食，过那些一个接着一个日子。

尽管那时工作组已经进村了。

尽管那时工作组开始宣传一种新的对待事物的观念。

这种观念叫做物尽其用，这种观念叫做不能浪费资源。

这种观念背后还藏着一种更厉害的观念，新，就是先进；旧，就是落后。

工作组展望说，应该建一个罐头厂，夏天和秋天，封装这些美味的蘑菇，秋末和冬初，则封装山里那些同样美味且营养丰富的野果。例如覆盆子，蓝莓和黄澄澄的沙棘果。在机村，那些野果，本只是孩子们的零嘴，更多，是满山鸟雀，甚至还有黑熊的食物。

基于这种新思想，满山的树木不予砍伐，用去构建社会主义大厦，也是一种无心的罪过。后来，机村的原始森林在十几年间几乎被森林工业局建立的一个个伐木场砍伐殆尽，但工作组展望过的罐头厂迄今没有出现在机村或机村附近的山野，那是后话。

在1955年1956年间，蘑菇季一到，工作组率先大吃羊肚菌，机村传统的烹煮法和小孩们偶一为之的烧烤法，那都太单调了。他们自有特别丰富的做法。他们用猪肉罐头烩制的蘑菇更是鲜美无比。机村人不明白的是，这些导师一样的人，为什么会如此沉溺于口腹之乐。有一户人家统计过，被召到工作组帮忙的斯炯姑娘，端着一只大号搪瓷缸，黄昏时分就来到他们家取牛奶，一个夏天，就有二十次之多。也就是说，住在村的工作组，一个羊肚菌季节，至少吃了二十回牛奶烹煮的鲜蘑菇。嘿嘿。至少是二十回呀。一个羊肚菌季节也就一个月多一点点。嘿嘿。哪止二十回啊，那是去到一户人家的次数，要知道机村可有二十多户人家。

答案简单明了，文明。饮食文化。

机村东头，对着一条通向雪山垭口的山沟。曾经有一条再过三十年会被称为茶马古道的过道，从雪山垭口蜿蜒而下，经过机村，向西通向草原地带。所以，村子东头，曾经有过一条短短的街道。这驿道如今叫了茶马古道。街上有几家外来人开的代喂马代钉马掌的旅店，几家商铺，几家饭馆和一个铁匠铺。斯炯十二三岁时就到其中一家旅店帮佣，主要的工作就是每天到山前溪边割马草。那些在驿道上驮着货物走了一天的马会站在马圈里整整吃一个晚上的草。睁着眼吃，闭着眼睛打盹和做梦时也不停嘴。

斯炯在的那家店，掌柜姓吴。斯炯在店里学了些汉话，后来还认得了百十个汉字。

有时闲下来，就在店里的板壁上写这些认得的字。马。草。斤。两。钱。糖。茶。客。

1954 年，山里通了公路，政府建立了供销社，汽车运来丰富的货物，那条街道就衰落了。那些开店的外乡人都携家带口回了内地老家。吴掌柜也拖家带口回了内地老家。

小街一衰败，斯炯就回了家。因为认得些字，还会说汉话，就被招进了工作组，那时叫做参加了工作。那个在羊肚菌季节里，端了可以装一升牛奶的大搪瓷缸子到人家替工作组取牛奶的姑娘就是她。把斯炯这个名字，第一次用这两个汉字写下来，是工作组长。他从旧军装前胸的口袋里拔出笔来，说小姑娘很精神嘛，眼睛炯炯有神嘛，就用炯炯有神的炯吧。村里还有叫斯炯的，此前在工作组的花名册上都写成斯穹。

斯炯参加了工作组，她腿脚勤快，除了端着一只大搪瓷缸子去村中人家取牛奶，还会提一个篮子去各家各户讨蔬菜。那时的机村人不像现在，会种那么多种蔬菜。那时，机村人的地里只有土豆、萝卜、蔓菁三种蔬菜。工作组的人不仅能说会道，还会把萝卜和土豆在案子上切丝切片，刀飞快起落，声音犹如急切的鼓点，这也让机村人叹为观止，目瞪口呆。而那些裹满泥巴的土豆与萝卜，都是斯炯在村前的溪流里淘洗干净的。春天、夏天和秋天，溪水温和，洗东西并不费事，但到了冬天，斯炯的手在冰窟窿里冰得通红，人们见她不断把双手举到嘴边，用呵出的热气取暖。

就有人说，斯炯，不要在工作组了，回家里守着火塘，你阿妈的茶烧得又热又浓啊！

斯炯一边往手上呵着热气，一边笑着说，我在工作！

那时工作是一个神圣的字眼，可以封住很多人的口。但也有人会说，工作是宣传政策教育老百姓，你洗萝卜洋芋，就算是在冰水里洗，也不算工作！

那时，工作组正帮着机村人把初级农业合作社升级成高级农业合作社。

春天的时候，布谷鸟叫之前，新一年的春耕已经是由高级社来组织了。机村的地块都不大，分散在缓坡前，河坝上。高级社了，全村劳动力集中起来，五六十号人同时下到一块地里，有些小的地块，一时都容不下这么多人。工作组就组织地里站不下的人在地头歌唱。嚯，眼前的一切真有种前所未有的热闹红火的气象。

高级社运行一阵，工作组要撤走了。

工作组长给了斯炯两个选择。一个，留在村里，回家守着自己的阿妈过日子。再一个，去民族干部学校学习两年，毕业后，就是真正的国家干部了。

斯炯回到家里，给阿妈端回一大搪瓷缸子土豆烧牛肉，她看着阿妈吃光了等共产主义来到时就会天天要吃的东西，问阿妈好吃不好吃。阿妈说，好吃，就是吃了口渴。那时机村人吃个牛肉没有这么费事，大块煮熟了，刀削手撕，直接就入口了。斯炯抱着阿妈哭了一鼻子，就高高兴兴随着工作组离开村庄，上学去了。

再往前三十多年吧，机村和周围地带有过战事。村子里的人跑出去躲避。半年后回来，阿妈肚子里就有了斯炯的哥哥。然后是 1935 年和 1936 年，红军爬雪山过草地，机村人又跑出去躲避战事，回来时，阿妈肚子里有了斯炯。两回躲战事，斯炯的阿妈就带回了两个没有父亲的孩子。更准确地说，是两个不知父亲是谁的孩子。

斯炯的哥哥十岁出头就跟一个来村里做法事的喇嘛走了，出家了。

这一回，斯炯又要走了。

村里人说，是呢，野地里带来的种，不会呆在机村的。

想不到的是，这两个被预言不会呆在村里的两兄妹不久就又都回到村里。先是斯炯的哥哥所在的宝胜寺反抗改造失败。政府决定把一座八百人的寺院精简为五十个住寺僧人，其他僧人都动员还俗回乡，从事生产。斯炯的哥哥也在被动员回乡之列。但斯炯哥哥不从，逃到山里藏了起来。上了一年学的斯炯接到任务，让她去动员哥哥下山。后来，村里人常问他，斯炯，你在学校里都学过什么学问啊？斯炯都不回答。就像她生命中根本没有上过民族干部学校这回事情一样。其实，她清楚地记得，那天正在上政治课，有人敲开门叫她去楼下传达室接电话。她去了，连桌上的课本、笔和本子都没有收拾。电话里一个声音说，现在你要接受一个任务，接受组织的考验。这个任务和考验，就是要把她藏到山上的哥哥动员回家。她问，我怎么动员他？给他写一封信？电话里问，他认识你写的字吗？她说，那我给他捎个口信吧。电话里说，问题是，他藏起来了，找不到他。斯炯说，你们都找不到，我也找不到啊！电话里说，他要是再不下山，就要以叛匪论处了，叫你去动员，也算是仁至义尽了。斯炯就说，那我去找他吧。

斯炯连教室都没回，就坐着上面派来的车去两百多里外的山里找人了。

在哥哥出家的宝胜寺四围的山里，斯炯进进出出七八天，喊得声音都嘶哑了，他那当和尚的哥哥都没有出现。斯炯以为，哥哥一定是死在什么地方了。所以，她还一个人哭了好几场。在山洞前哭过，在温泉旁哭过。最后一天，她对着一大树盛开的杜鹃花想，花这么美丽，人却没有了，就又哭了起来。这回哭得很厉害，下山的时候，她眼睛还肿着。学校发的那身大翻领的有束腰的灰制服也被树枝划拉出了好几道口子，扎着两个大辫子的头发间，挂着一缕缕松萝。她对干部说，我找不见他了。

干部说，你没有完成任务。

斯炯问，我还能回学校去吗？

干部没有说可以回，还是不可以回，而是冷着脸说，你看着办吧。

学校里的教员和干部常常对一个自知自己可能犯了错，而手足无措的学员说这句话，你看着办吧。

斯炯对干部说，那我回家去，告诉阿妈，哥哥找不见了。

就这样，1959年，离开村子一年多的斯炯回到了机村。她是空着手回到机村的。她的课本什么的还留在教室里，衣服什么都还留在八个人一间的宿舍里。她的床底下，塞着一口棕色皮箱，里面是她的几套衣服，藏式的衣服，和学校发的干部衣服。她的课本和衣服都留在学校，自己穿着一身在山里寻人时被树枝划拉出很多道口子的干部服就回到机村了。从此，再未离开。

她回到机村的那天，高级社的社员们正在村子旁最大的那块有六七十亩的地里松土除草。那时，地里一行行麦苗刚长到一拃多高。全社的社员都在地里弯腰挥动着鹤嘴锄。这时，有人说看看是谁来了。

　　大家都直起腰来，看见斯炯正穿过麦地间的那条路。

　　好几个眼尖的人都说，是斯炯回来了。

　　斯炯空着双手，看都不朝麦田里劳动的乡亲们看一眼，就朝自己家走去了。

　　有人就对她的阿妈说，看看，当了干部了，不朝我们看就罢了，也不朝自己的阿妈看一眼。

　　也有人说，像是很伤心的样子啊！

　　社长就对斯炯的阿妈说，你就回家看看吧。

　　第二天，斯炯还没有出来与村人们相见。

　　大家就在地里问她阿妈说，你女儿回来干什么啊。

　　阿妈就哭起来，说，她哥哥找不见了。他们要他还俗回家，生产劳动。他就跑进山里不见了。

　　村里人说，他又不是真在修行的喇嘛，一个粗使和尚，背水烧茶，回来也就回来吧。

可是他不见了，斯炯也找不见他，喊不应他。

第三天，斯炯就穿着那些带着破口的大翻领的有束腰的灰色干部服下地劳动了。

大家来和她说话，打探消息。

但她在山里喊哑了嗓子，人们问她什么，她都指指嗓子，我说不动话了。

斯炯就是这样回到机村来的。

机村的很多人物故事都是这样结束的。比如说雪山之神阿吾塔毗，故事的结尾就是，阿吾塔毗带着他两个勇敢的儿子，就是那一年到我们这里来的。哪一年呢？大概是一千多年前的某一天吧。

后来，斯炯的儿子胆巴问她，阿妈是哪一年回到村里的？

斯炯说，哦，很久了，我想不起来了。

儿子再问，她就说，真的很久了，都是生下你以前的事情了。

大概也是斯炯从民族干部学校回到机村那一年，传说距离机村很遥远的内地闹起了饥荒。

那一年的机村发生了三件事。

第一件，离开才两三年的工作组又进驻到机村，来提高粮食产量。工作组是大地正从冰冻中融化的时候来到的。那时，村子里那些刚刚解了冻的土路变得泥泞不堪，弄脏了工作组干部的鞋和裤腿。他们一边在火上烤被泥泞弄湿的鞋，一边召集高级社的村干部们来开会。工作组提出当年粮食产量要翻一番。这把高级社的社长和副社长都吓坏了。

社长说，上天不会让地里长出这么多粮食的。

工作组说，人定胜天，这是新思想。思想是最有力的武器。

副社长说，种庄稼不是打仗，武器没有用处的。

最后，社长和副社长都被说服了。他们和工作组一起想出了一个办法，多上肥料。每户人家的牛栏和猪圈都被铲除得一干二净。工作组说，这是一举两得。地得到肥料，爱国卫生运动也同时开展起来了。机村人第一次发现，原来自己长时期与粪便为伍而不自知，机村人还发现，其实自己也愿意过更干净的生活。村子里的人畜粪没有了。人们又上山去，把森林里的腐殖土背下山来，铺在地里。

当雪线一天一天往高处退去，退过了阔叶树的林带，又退过了针叶树的林带，徘徊在高山草甸时，播种季节来到。种子播下不久，树林返青，先是柳树和杨树，然后是桦树和花楸。等到几场春雨下来，黑土地里就浮现出一层隐约的翠绿。那是麦苗出土了。当庄稼绿成一片的时候，布谷鸟叫了，除草时节来到。那时，大家都觉得，粮食产量真的可以翻一番。看看那些麦苗吧，因为地里上足了肥料，麦苗绿得那么深，像是某种绿宝石的颜色。到了夏天，麦苗抽穗时，每一个穗子都前所未有地硕大。人们都欢欣鼓舞，相信一个产量翻一番的收获季就会到来了。可是，社长还是忧心忡忡，他说，全靠肥料，全靠肥料，今年把多年存下的肥料都用光了，明年用什么呢？

机村人因此说这个社长真是个苦命人，该高兴时都不让自己高兴起来。他们想让社长高兴起来，因此都开玩笑说，我们一定要让牛和猪多拉屎，我们也一定要多拉屎，不让社长操心明年没有肥料。工作组说，农家肥没有了，有化肥，大工厂生产的化学肥料。

大家一面议论工厂制造的肥料该是什么样子，一面等待庄稼熟黄。可是，这些长得分外苗壮的庄稼还在拼命生长，不肯熟黄。后来人们回忆说，那一年的庄稼呵，真是长疯了。疯了一样地长，就是不肯熟黄。那些老农民就跟社长一样地忧心忡忡了。庄稼再不成熟，高原山地夜间就要下霜了。霜冻会使没有成熟的庄稼颗粒无收。这样的情形真的就在那一年发生了。连续三个夜晚的霜下下来，地里还在灌浆不止的麦子都冻坏了。

　　那一年，机村有史以来长得最苗壮的庄稼几乎绝收；上面却要按年初上报产量翻番的计划征收公粮。

　　社长扳着指头算算，最多到次年三月，机村人家家户户都要断粮，也要跟传说中的内地一样饿死人了。

　　算过这个账，社长觉得自己罪孽深重，上吊死了。

　　第二件事，阿妈斯炯的哥哥回来了。

　　他一出现在家里，斯炯就抱着他身子猛烈摇晃，我在山上喊破了嗓子，你倒是答应一声啊！

　　斯炯她哥哥虚弱地说，山上？我什么时候在山上？我被关起来了。

原来，这个烧火和尚并没跑到山上去。

那天，他已经收拾好东西，准备回家了。整顿寺庙工作组的一个人给他和另几个和尚一封信，叫他送到县里去。他说，可是，我要回家了。工作组的人和颜悦色，说，去吧，送了这封信再回家。他是天空刚刚露出黎明光色时离开寺院的。

他怀里揣了工作组员给他的信，肩着一个褡裢，往县城而去。褡裢一头装着被褥，一头装了一口锅，一把壶，两只碗，这是他在庙里生活的全家当。走出好几里地后天亮了，他回望一眼，寺庙已不可见，只可见一座白色佛塔立在寺庙后面的山上。

到县政府，传达室的人接过信看了，笑笑，又把信塞回到他手上，说，你自己送到公安局去吧。他问清了路，把信送到公安局。公安局的人看了信，从腰间拔出手枪，拍在桌子上，他就被戴上手铐了。他还声辩，工作组让我来送信的。公安说，信上说，这个人到了就把他关起来！

我没有犯法。

犯没犯法，写信送你来的人来了就知道了。

然后，他跟好些人一同关在一个大房子里。后来，一起的人都处理了，有了各自的结果。有要坐牢的，也有教育一阵，无罪释放的。就剩他一个人了，始终没有人来看他。看管人的也松懈起来。一个晚上，电闪雷鸣之时，他从窗户上探出头去，没有人喊回去，没有手电光闪过来。他从窗口上跳出去，也没听到人拉动枪栓。他就跑到外面去了。第二天，他还在县城里晃荡了一天，也没有人来抓他。于是，黄昏时分，他就出了县城，往机村的方向去了。

　　他一进家门，妹妹斯炯就哭喊着摇晃着他，工作组让我到山上找你，你为什么不出来？你为什么现在又自己跑出来。

　　他还没有来得及辩解，妹妹又喊道，工作组在找你，你到工作组去！

　　他只好跑到工作组去。他想，人家又没叫他，自己跑去干什么呢？所以，就只在工作组住的那座房子门前徘徊。

　　这座房子是村子里最漂亮的房子。比村子里所有二层三层的房子都要高上一层。一般的房子是六根柱子，八根柱子，这座房子是十六根柱子。所以，这座房子的主人就成了地主。这座房子为两兄弟所有，他们共同娶一个老婆。工作组在村里作了很多调查研究，也弄不清楚这座房子的真正主人是这两兄弟和他们共同的老婆中的哪一个。本来只有一顶地主的帽子，因为弄不清这三个人哪一个是真正的主人，干脆就又从上面再申请了两顶帽子，这才解决了这个问题。

早在1954年，三个戴了地主帽子的人，就被逐出了这座房子。一层建了供销社，二层三层就成了工作组来村里时的临时驻地。

斯炯的哥哥在工作组驻地前徘徊了足足半天时间，看到一个人立在窗前用口琴吹着激昂的乐曲。看见一个穿了灰色干部服的姑娘，提着一个篮子到溪边洗菜。那姑娘唱着歌，蹦蹦跳跳地，都不看他一眼，就从他身边过去了。他想起，前些年，妹妹斯炯就是干这个的。然后，就去了民族干部学校。想到妹妹是因为他，失去了成为干部的机会，这个烧火和尚前所未有地伤心起来。他伤心得泪水迷离。他想，自己真是一个俗人了。早年进庙，落发，披上紫红袈裟，废了在俗家的名，得了法名，称做法海。但这个连老爹都没有的穷孩子，不要说投在名僧门下去学修行，因没有钱财供养上师，只能成为杂役僧，换取衣食。是为烧火和尚。听来一些经文，也都一知半解，自己琢磨，也就是叫人安于天命，少有非分之想的意思。心里起了什么欲念，便是按捺，再按捺。久而久之，人就变得懦弱，而且有些迟钝了。现在，他却悲从中来，任由情绪控制了。天黑下来，这是八月了，楼上飘下来烹煮蘑菇的香味。

这个季节，不是羊肚菌的时光了。

这时是从青枫林里来的松茸登场了。

那个时候，还没有松茸这个名字。那时羊肚菌之外的所有菌类，都笼而统之称为蘑菇。最多为了品种的区分，把生在青枫林中的蘑菇叫做青枫蘑菇。把生在杉树林中的蘑菇叫做杉树蘑菇。

楼上在用红烧猪肉罐头烧这种蘑菇。香味飘到楼下，楼下那个没人理会的法海和尚却因为妹妹和自己奇妙的遭际泪水迷离。

第三件事，斯炯在这一年生了一个孩子。

斯炯上了一年民族干部学校的意义似乎就在于，她有机会重复她阿妈的命运，离开机村走了一遭，两手空空地回来，就用自己的肚子揣回来一个孩子。一个野种。

和尚法海收了泪，回到家中，对妹妹说，没人来理我。

斯炯正在给孩子喂奶，便拍着孩子的脑袋说，舅舅回来了，叫舅舅啊！

孩子吐出奶头，咧开嘴笑，并发出模糊的音节，啊，啊啊。

法海便笑起来。他听到自己的心脏咚咚撞击胸腔。

斯炯说，和尚舅舅，给侄儿取一个名字吧。

法海就说，我亲爱的侄儿还没有名字吗？

斯炯笑道，家里男人不在嘛。

法海抱过侄子，把茶碗里正在融开的酥油蘸了，点在婴儿额上，说，你叫胆巴。

第二天，斯炯上山，滑倒在地，脚蹬开树丛间的青枫树边缘带着尖齿的浮叶，下面露出了一群蘑菇。密密麻麻挤在一起。斯炯不顾被树叶上的尖齿扎痛的双手，笑了，说，蘑菇在开会呢。

斯炯从这群蘑菇中采了十几只样子漂亮还没有把菌伞撑开的，带下山来。

经过工作组的房子前，她取出一多半，放在院墙头上。一个队员从窗口望见了，说，乡亲，谢谢了！

斯炯怔了一下，他们真的把她看成一个村民，而不是干部了。以前，他们叫她斯炯。更不会为了几只蘑菇就客气地说谢谢。是啊，穿回来的干部服已破得不成样子，叫阿妈改成小裤子小褂子，穿在儿子身上了。

斯炯对楼上说，我哥哥回来了，他给我儿子取了名字，叫胆巴。

那个人听了她的话，扬扬手，从窗口消失了。

她不知道，楼上当年把她名字写成斯炯的人，那位名叫刘元萱的工作组长正在问，刚才斯炯在说什么？

她送了些蘑菇来。

我没问蘑菇，我问她说什么。

她说她哥哥回来了。

回来了，就回来了，叫他老老实实从事生产。

那人就到窗口喊，叫他老老实实从事生产！

可斯炯已经走远了，拐过一个弯，消失不见了。

那人又回身说，她走远了，没有听见。

走远了还喊什么喊？

她儿子有名字了，叫胆巴。

哦，到底是庙里回来的，有点学问嘛！知道元代赵孟頫吗？知道胆巴碑吗？我看你们不知道，这个名字的喇嘛，当过元朝皇帝的帝师啊。你们不知道，我倒要问一问他。

过几天，斯炯上山去，不由得走到那个有很多蘑菇的地方去看上一眼。如果上次是蘑菇开小会，那这回开的是大会了。更多的蘑菇长成好大一片。斯炯知道，自己是遇到传说中的蘑菇圈了。传说圈里的蘑菇是山里所有同类蘑菇的起源，所有蘑菇的祖宗。她又采了一些。下山来，又把一多半放在工作组房子的墙头上。这时窗口上传来声音说，你，不要走，等我一下。

那是工作组长刘元萱，当年送她进了干部学校那个人。不一会儿，他披衣下来，站在斯炯面前，你哥哥回来了，也不来报个到。

斯炯问，现在吗？

随时。

法海和尚来了。

工作组长复又从楼上披衣下来。问他，出家多少年了。法海回话，十几年了。名叫法海。噢，这名字也有来历。法海说，我们庙里好几个法海。跟的是哪位上师啊？我家穷，没有布施供养，吃穿都靠着庙里，拜不起上师，就是每天背水烧茶。哦，以前的汉地，有个烧火和尚，叫做惠能，得了大成就是成为禅宗六祖，你可知道。法海摇头。你给侄儿起名叫做胆巴，元朝时候，有个帝师，也是藏族人，也叫这名字，你可知道？法海复又摇头，说，村里还有几个男人，也叫胆巴。组长失望了。如此说来，你真的就是个烧火和尚。我是烧火和尚。那么回去吧，好好劳动，努力生产。

法海就转身离去了。

走了几步，和尚法海又回过身来，他对工作组长说，我十一二岁到庙里……

组长在他犹豫的时候插话进来，到底是十一岁还是十二岁？说清楚点。

我十一二岁时就到庙里，除了背柴烧火劈柴，什么都不会干。

组长徘徊几步，放羊会吧！早上把羊群赶上坡吃草，下午把它们从坡上赶下来！

这样，和尚法海就成了村里的牧羊人。

进屋时，斯炯正在把一只平底锅中的酥油化开，把白生生的蘑菇片煎得焦黄。这是她在工作组时学来的做法。蘑菇没下锅时，有奇异复杂的香味，像是泥土味，像是青草味，像是松脂味，煎在锅里，那些味道消散一些，仿佛又有了肉香味。机村人的饮食，自来原始粗放，舌头与鼻子都不习惯这么丰富的味道。所以，面对妹妹斯炯放在他碗中的煎蘑菇片，法海并无食欲。

斯炯说，吃吧，这样可以少吃些粮食。都说社里的粮食吃不到明年春天。

法海像个孩子一样抱怨，我们从来都只是吃粮食，肉和奶的。

斯炯像个上师一样说，也许一个什么都得吃点的时候到来了。

1961年，1962年，后来机村人回忆说，那时我们的胃里装下了山野里多少东西啊！原来山里有这么多东西是可以用来填饱肚子的呀。栎树籽、珠芽蓼籽、蕨草的根，还有汉语叫人参果本地话叫蕨玛的委陵菜的粒状根，都是淀粉丰富的食物。还吃各种野草，春天是荨麻的嫩苗、苦菜，夏天是碎米荠的空心的茎，水芹菜和鹿耳韭。秋天。秋天各种蘑菇就下来了。那也是机村人开始认识各种蘑菇的年代。羊肚菌之外，松软而硕大的牛肚菌，粉红浑圆的鹅蛋菌，还有种分岔很多却没有菌伞的蘑菇，人们替它起个名字叫扫把菌，后来，刘元萱组长说，不用这么粗俗嘛，像海里的珊瑚树，就叫珊瑚菌吧。

是工作组和从内地的汉人地方出来逃荒的人教会了机村人采集和烹煮这些东西。

工作组略过不说，那个逃荒回来的人是吴掌柜，他当年是机村东头那条小街上的旅店掌柜。公路修通后，他们一家人就回内地老家去了。

那天，法海和尚上山放羊。

那天，他赶着羊群，经过人们不常去的那段石板铺就的荒废小街。那百十米长的街道上，石板缝里长满了荒草。羊群走过去，碰折了牛耳大黄和牛蒡，散发出一种酸酸的味道。街两边早年的店铺顶都塌陷了，板壁也在朽腐中，斯炯当年帮工时用木炭描在上面的字迹已经相当模糊了。这荒凉的废墟中，似乎有鬼魂游荡。法海口里念动咒语，心里就安定了。

下午赶着羊群再次经过这个废弃的街道时，他仿佛看见，某一座房顶上缭绕着若有若无的蓝烟。他耸耸鼻子，闻到了烟的味道。是湿柴燃烧的浑浊的味道。他心惊肉跳地催动羊群快速通过了那条街道。

晚上，斯炯煮了一大锅汤，里面只有很少的面片，其余都是蘑菇。

放下饭碗，法海开口了，我看见了奇怪的事，说出来怕人说我宣传封建迷信。

斯炯说，这是在家里，只有我和阿妈。

法海才说，我碰到鬼了。

斯炯没说什么，只看了阿妈一眼。阿妈也不以为怪。

他说，他在老街上遇到鬼了。那些鬼在破房子里生火，还在破窗户下晾晒了野菜和蘑菇。

斯炯说，不要说了，再说，我以后不敢再去那地方了。

法海笑了，说，我看到你以前写在板壁上的字还在呢。

斯炯沉下脸来，那是另一个人写下的。一个鬼写下的。

连着下了几天雨。

天气也一天冷过一天。山下下雨，山上起了雾，把山林和天空都遮得严严实实。寒气四起。机村人知道，那是山上的雨已经变成了雪。但是地里的庄稼还没有收回来。空气中充满了那些没有结穗的麦草在雨水中沤烂的味道。那是令人绝望的味道。

终于，无边无际的冰凉雨水止住了，云缝中放出耀眼的阳光。

那时，斯炯正在屋里跟阿妈说话。

阿妈说，这么多雨，不要说庄稼，地里的草都沤烂了，没有指望了。

法海说，烂了就烂了吧，人反正也不能靠吃草过活。

斯炯说，我操心的不是这个，是雨把青杠和蘑菇都沤烂了，那才是不让人活。好在太阳出来了。

说完，她就把孩子塞到他外婆怀里，出门去了。

连续阴雨后的荒野真是凄楚。林子里的蘑菇都腐烂了。那么大一个蘑菇圈里，起码有两三百朵蘑菇，经过连天阴雨，只剩下十几朵没有腐烂。她赶紧把它们收集起来。斯炯觉得，蘑菇腐烂的气味令她有些心伤。于是，她抬起头来，把视线转移到树上，她看到青杠树籽还一粒粒挂在枝头上，拇指头那么大一颗颗的果实，紧嵌在褐色壳斗中，闪闪发光。斯炯想，不成熟的庄稼烂在地里，等太阳把树上的水汽晒干，就该到林林里来搞秋收了。她的心情立即就好多了，觉得笑容浮现在了脸上。她抬手在脸上抚摸一阵，把双手举在眼前，并没有看到笑容转移到手掌之上。

出了树林，斯炯对自己说，太蠢了，笑怎么会跑到手上。

但她知道自己笑得更厉害了，于是一边走，一边把手举在眼前，想看到上面确实有笑容出现。

她一路想青枫树上那些饱满的亮铮铮籽实，一面笑着。这是饥荒将要驾临机村的时候，她知道，有了这些籽实，他们一家就能熬过荒年。她在说，阿妈，看着吧，哥哥看着吧，儿子看着吧，我能让一家人度过荒年。

等到她觉得走到了家门口，要抬手推门时，才吃了一惊。

她不在村子里自家的门前！

她发现自己站在那条荒废已久的小街上。她不敢对自己说，一定是遇见鬼了。那时的机村人相信，有一种鬼会把人引到它们的地盘上。

斯炯想起了哥哥的话，说她以前用木炭描在板壁上的字还在。她想，那是鬼在引我呢。脚步却止不住，很快就来到了她帮过佣的吴记旅店门前。她描下的字真的还在，但被风吹日晒雨淋，不止是字迹已经快淡到没有，连木板的棕褐色已将消失殆尽，变成了一片惨白。她伸出手，要去摸摸那些淡淡的字迹，木板就破碎了。不是她手碰触到的那一小块，而是整个一面板壁都塌了下来。腐烂的板壁塌下来的时候，没有一点声响，就是悄然下滑，变成一些细碎的粉末，堆在她脚前。店铺的内部一下在她面前洞开。

接下来，她看到了一堆有气无力的燃着的火，看到了一个人，一个老人，面容悲戚坐在火边。

斯炯惊呆了，哥哥法海说有鬼，现在，一个鬼真的出现在她面前了。

那个鬼抬起眼皮，看着她，哑声说，是斯炯吧。

斯炯不敢惊叫，小声说，鬼啊！

那个鬼说，我不是鬼，我是吴掌柜。

斯炯想跑，却挪不动步子，恐惧把她的双脚钉住了。

那个鬼又说，你仔细看看，我是吴掌柜。

这回，斯炯从这个鬼身上看出一点过去那个掌柜的影子。小眼睛，山羊胡须。斯炯战战兢兢问，掌柜，你死了吗？

我没死。

那你的鬼怎么回来了。

掌柜的嘴里发出了哭声，我们一家七口人从这里走的，只有我一个人回来了，变鬼的那些人都回不来了。掌柜哭泣的时候，眼泪鼻涕从那沟沟坎坎的脸上慢慢滑下来，最后，都亮晶晶地挂在了那几绺花白干枯的胡子上。掌柜又伸出一双瘦脚，两只脚上套着不一样的鞋子。两只鞋底都已经磨穿。他说，要是捡不到这些鞋，我都走不到这里了。走不到你们蛮子地方了。

斯炯问了一句话，你走来这里干什么？

掌柜小心翼翼地问了一句话，我惹你不高兴了？

斯炯在民族干部学校学到的东西涌上心头，涌到嘴边，不准说蛮子地方，解放了，民族政策，要说少数民族地方。

是啊，是啊，解放了，说错话也是不允准的。我想我只有走到这里才有活路。山上有东西呀！山上有肉呀！飞禽走兽都是啊！还有那么多野菜蘑菇，都是叫人活命的东西呀！

听着这些话，斯炯也变得眼泪汪汪了。

以前的掌柜说，我想求你要点东西。

斯炯说，呀，掌柜，现在我们一家为省点粮食，吃得满身都是蘑菇味，哪里还有东西可以施舍给你呀！

掌柜笑了，斯炯长大了，会哭穷了。他笑着的时候，露出了通红的水淋淋的牙龈。

斯炯想起，以前掌柜的牙齿就不好，吃完饭，就用腰上挂着的一支象牙签剔牙。他从牙缝里剔出的都是牛肉羊肉或者野物肉的粗纤维。他会举着这些细肉丝在眼前，感叹自己的苦命。感叹自己在老家立足不住，来到这只能吃肉而少有菜吃的地方。他常常举着牙缝里剔出来的肉丝怀念家乡那些菜，豆腐、豆花、莲藕、笋、丝瓜、豆尖……这样的结果是，他的牙缝越来越宽，从牙缝里剔出的肉纤维越来越多。那时，掌柜就这样天天诅咒这个蛮子地方，诅咒自己开的这个店。

现在，他那些稀松的牙齿快掉光了，嘴里就剩下颜色鲜艳的让人恶心的牙龈。

他对斯炯说，给我一小块肉吧，我满身都是草的味道了。

斯炯想起以前他讨厌肉的样子，说，没有肉了。同时，嘴和喉舌间唾液泛起，生起了她对肉的怀想。

掌柜又哀求，我要盐，不然，往肚子里塞再多野菜和蘑菇，我也站不起来了。

斯炯笑了，有了供销社，盐可比以前便宜多了。

掌柜又露出他满嘴令人恶心的牙龈，他说，我吃了两只土拨鼠，好多泥鳅，和着野菜一起煮，但没有盐，身上还是没有力气，我都快站不起来了。他说，只要你给我一些盐，身上有了力气，我就能弄得更多的肉。

斯炯回家，告诉放羊的哥哥，说老街上没有鬼，是以前的吴掌柜偷跑回来了。斯炯包了些盐在旧报纸里，让哥哥放羊时顺便送去。

哥哥不同意，说，千里万里的，说回来就回来了，你怎么晓得他不是个鬼？

斯炯说，你是和尚，念两句咒，就是鬼也镇住了。

哥哥说，我不是大喇嘛，一个烧火和尚的咒怕是没有那么大法力吧。

　　而斯炯却抽不出时间往那条废弃了的老街上去。雨水一停，工作组就组织全部劳动力抢收地里那些因肥力过度而不能成熟的麦子。工作组在动员会上说，收不到粮食，但这些麦草都是很好的饲草，可以把集体的牛羊喂得又肥又壮，庄稼怕肥，难道牲口也怕肥吗？组长有学问，说了一句村里人不懂，工作组里人也大多不懂的话，失之东隅，收之桑榆。这句话经过多次解释，多重翻译，终于让村里人听懂了。这句经过多次翻译的话最后成了这样：太阳出来时没有得到的，会在太阳落山时得到。

　　有人说怪话，说太阳出来时失去的粮食，太阳落山时变成了草。

　　工作组说，草喂牛喂羊，就变成了肉，所以，太阳落山时就得到了肉。

　　收割下来的草太多了，晒在栅栏上，一束束挂在树上，整个村子充满了正在干燥的麦草散发的清香。放羊的法海和尚更忙了。夜里起来两次，往羊圈里添那些草。他的羊群吃着这些肥美的麦草，胀得都走不了路了。早上，羊栏门打开，它们都惺忪着眼睛，又肥又懒，赖在圈里不肯上山了。

斯炯只好在一个黄昏，带着满身的麦草香亲自把盐送给吴掌柜。

吴掌柜守着一坑微火，火上架着半边铁锅，里面的野菜都煮成了糊，他又流下眼泪，望眼欲穿，望眼欲穿呀！若大旱之望云霓呀！他直接把一撮盐入在口中，吃了。又往野菜糊里放了许多，也呼呼噜噜地喝了。心满意足地拍着肚皮，说，斯炯，你的家乡真是好地方，这么大的山野，饿不死人的呀！

斯炯就想起他以前诅咒这蛮子地方的情形来。

还没等斯炯开口，提提这些旧事，掌柜又哭了起来，可是，这么好的地方，我是呆不长啊！

斯炯说，你就呆在这里，怎么呆不长？

掌柜说，现在不是随便跑来跑去的时代了。我的户口不在这个地方。我的户口在饿死人的地方。

虽然不时有传言说，内地的汉人地方这两三年都饿死人了，她还是不能相信掌柜一家都死得只剩下他一个人了。掌柜吃了盐，更有力气絮絮叨叨了。这让斯炯有些不耐烦了。她看见月光越过墙头落在脚前，就要告辞离开了。掌柜说，你不要走，山里好多野菜都可以吃，你们不认识，我把那些野菜教给你。他从墙头上拿下晾得半干的野菜。斯炯一看，眼前就出现它们长在野地摇晃在风中的样子。她说，好吧，我知道他们可以吃了。然后，她就离开了。

吴掌柜说，过几天，你再来，我还教你认识更多的野菜。他说，你要再带些盐巴来啊！

斯炯没有回头，走在杂草丛生的老街上，前方的天空中半轮月亮在云彩中进进出出，她心里想，可怜的掌柜到底是个人还是个鬼呢？

回到家里，哥哥等在院门口不让她进门。他口里念念有词，端着一只燃着柏枝的香炉，把她周身细细熏过。这才放她进门，你不怕鬼，但不能把鬼气带回家里来。

熏完香，哥哥看她上楼，回身又往羊栏添草去了。

荒废的老街上有鬼的消息在村子里传开。

斯炯沉默不言，走在山野里，看到吴掌柜指给他的野菜，她心里就想，原来这些都是可以吃的。都是看见就认识却不知道名字的。多少年后，在县里当了干部的儿子，想念山野的味道了，会捎信来说，请阿妈采些碎米荠来吧，请阿妈捎些荨麻苗吧。当然，也会捎信说，请阿妈带着新鲜的松茸来看孙儿吧。她才知道这些野菜和蘑菇的名字了。直到这时，她也才晓得，蘑菇是所有菌子的名字。她守了几十年的蘑菇圈里的蘑菇还有自己的名字。

但那是很久以后的事情了。

那时，她对这些还一无所知。她只是听凭逃荒的吴掌柜的指点，比村里人多认识了几种野菜。吴掌柜吃了盐，还是有气无力的样子，对她说，斯炯啊，还有蘑菇。蘑菇不像野菜，四出随风，无有定处。蘑菇的子子孙孙也会四处散布，但祖宗蘑菇是不动的。它们就稳稳当当呆在蘑菇圈里，年年都在那里。

斯炯笑起来，我已经有一个蘑菇圈了。

真的，那你是一个有福气的人啊。

斯炯心里因他这话而有些悲伤，她想起民族干部学校干净的床铺，书，笔记本，但她随即转了话题，说，你都吃了那么多盐，怎么还是有气无力的样子啊！

吴掌柜沉默了，后来，他说，悲伤，是悲伤，我这几天才有力气想，这样活下去又如何呢？吴掌柜也笑了。他笑着说，我看我是活不下去了。这一回，他没有坐在破房子的火边不动，而是伴着斯炯穿过荒废的长满了荨麻、臭蒿和牛耳大黄的街道。走到当年的街口了，掌柜说，这棵丁香还在啊！斯炯就想起来，五六月份时，当年的街口真有一棵盛放的、香气浓烈的花树。现在，它只是纷披着盛密的绿叶，在太阳下闪闪发光。而山坡上的桦树林已经开始泛黄了。

吴掌柜说，好心的斯炯啊，你不用再来看我了。我要走了。

斯炯说，你又要回老家去吗？

吴掌柜说，冬天要来了。

斯炯回身，视线穿过那条短促而荒芜的街道，看到更远处的峡谷，和峡谷尽头那座雪山。吴掌柜的老家就在山那边什么地方。

斯炯说，多远的路啊！其实，她并不知道那路到底有多远。

吴掌柜笑笑，说远也远，说近也近，说不定一眨眼功夫就到了。

斯炯是个没心眼的人，听不懂吴掌柜是话中有话。又过了几天，她才明白掌柜说要走了是什么意思。

那天半夜，村外山坡上燃起了一大堆火。

工作组分析，这不是普通的火，是潜伏特务给反攻大陆的台湾蒋匪帮飞机发信号。以前，台湾也有东西到山里来过，不是飞机，是大气球。大气球飞到村子山上空，就爆开了，撒得满山都是彩色纸片。这些纸片画了什么或写了什么，斯炯没有见过。传单都被上山搜查的民兵捡干净了。和传单一起从天上下来的还有包裹得花花绿绿的糖果，斯炯和村里人见过但没有尝到过。工作组说了，这些糖果上粘了毒药，是蒋匪帮毒杀人民的诱饵。工作组得知山上燃起大火这一天，村里立即响起尖利急促的口哨声。民兵集合，向山上掩杀而去。全村人都在山下观看。人们看到，在杉树和栎树混生的林子和草坡之间，民兵们形成了一个包围圈，把昨夜燃起火堆的地方包围起来。包围圈越来越小。斯炯开始担心了。她把手指头伸进嘴里，用牙齿紧紧咬住。有几个民兵再往右边的林子靠近一些，就要发现她的蘑菇圈了。他们端着枪，离她的蘑菇圈越来越近。斯炯都要叫出声来了。那几个端着枪的人距她那隐秘的地方实在是太近了。她想，要是那些蘑菇像人一样，懂得害怕，一定就会尖叫着四散奔逃了。

这时，山上有人发一声喊，民兵们齐齐扑向一个地方，齐齐把枪指在了地上。

后来，他们就两手空空下山来了。

大家又回到地里收割和搬运那些穗子没有成熟的肥壮麦草。他们什么也没说，但一股神秘的气氛还是在人们中间四散开来。村民们开始议论遥远的，他们一无所知的台湾。

这气氛也感染了斯炯，晚上，吃蘑菇野菜面片汤的时候，斯炯对哥哥说，山上一定有民兵没有捡干净的纸片。哥哥说有时会看到，但都被雨淋坏，被羊咬破了。

法海说，羊都不肯咽下去的东西，你要来干什么？

斯炯说，我就是想看看。

法海抱怨，吃了那么多麦草，羊都不肯上山，每天把它们赶上山，就把我累坏了，还要替你找什么纸片。

斯炯用汤里的面片喂饱了儿子，把他塞到法海怀里，稀里呼噜地喝起面片汤来。他们不知道，这时，民兵又按工作组的安排悄悄摸上山去了。白天，他们冲上山去，只在包围圈中心发现一些灰烬，一些浮炭，还有几根啃光的肉骨头。这一回，民兵们趁月亮还没有起来，摸上山去潜伏下来。但是，这个晚上，那个燃火的人没有出现。连着三个晚上，那个燃火的人都没有出现。于是，民兵也就停止了潜伏行动。

民兵停止潜伏行动的这个晚上，吃晚饭时，斯炯对哥哥说，对你侄儿笑笑，不要把脸弄得那么难看。

法海抱怨，吃这么多野菜和蘑菇，脸好看不了。

斯炯的脸也难看起来，不给他盛面片汤，也不把儿子塞到他怀中。

法海自己觉得没道理了，他说，斯炯啊，我好像丢了一只羊。

斯炯立即放下饭碗。

我数过，一百三十八。前天数，一百三十八，昨天数，一百三十八。本来是一百三十九只啊！

今天没数？

哥哥低下头，我不想数了。

斯炯起身，马上去数！

哥哥说，天黑，看不见啊！这时，他还不知道，今天他又丢了一只羊。

这时，儿子哭了起来。平时就是哭也只是小小地哭上两三声的儿子这回却哭个不停。

法海和尚没有侍弄孩子的经验，只一迭声地说，胆巴他怎么了，胆巴你怎么了。

胆巴继续哇哇大哭。

斯炯抱着儿子，絮絮叨叨，胆巴怪舅舅不懂事呢。舅舅嫌饭不好呢。舅舅丢了羊呢。舅舅让妈妈不成干部了呢。说着说着，自己眼里的泪水就滑下来，挂在脸上。这时，村子里响起了急促的哨子声。金属口哨声响亮而又尖利，刺得人耳朵生疼。

山上那个火堆又燃起来了。

全村人都从屋子里出来，望着山坡上那堆篝火。那堆火并不特别盛大明亮，而是闪闪烁烁，明灭不定。民兵们发起冲锋，散开战斗队形，扑向山上那一堆野火。

这一回，他们没有扑空，一个人坐在火边，眼光明亮贪婪，在啃食一只羊腿。这只羊腿来自法海放牧的羊群中的第二只羊。那个就是逃荒回来的吴掌柜。他的山羊胡须上沾着的羊油闪闪发光。民兵们打开了枪刺和没有打开枪刺的枪齐齐指向他。吴掌柜叹口气，脸上露出奇怪的笑容。他站起身来，自己把手背到背后，让人来绑。上绳索的时候，他又很奇怪地笑了一下，说，没想到，临了还能做个饱死鬼。

吴掌柜当时说的话，后来从民兵嘴里传出来的，斯炯和别的村民一样，并没有亲耳听见。她和别的村民一样，当时只看到山上的火灭了，又看到一串手电光从山上下来，看到一个被反绑了双手的人被带进了工作组在的那座房子里。

那是机村少有的一个不眠之夜。很多人都认出来那个山羊胡须的吴掌柜。他们一家在村东头那条曾经的小街上开了十多年的店。他们在公路修通、驿道凋敝时离开机村，回到老家。人们还记得他离开时，带着一家老小转遍整个村子，挨家鞠躬告别的情形。但村里没人知道他何时回来，为什么回来，而且这样行事奇特，要偷杀合作社的羊，并于半夜在山上生一堆火，在那里烤食羊腿。只有斯炯知道他是出来逃荒的。知道他这么做是不想活了。

早上，民兵们要把吴掌柜押到县里去。

村里人都聚集在村中广场上，来看这个消失多年又突然现身的吴掌柜。他脸上仍然挂着奇怪的笑容。他已经变得花白的山羊胡须上仍然凝结着亮晶晶的羊油。

他的眼光在人群里搜寻。斯炯知道，他是在寻找自己。起初，斯炯躲在人群背后，不敢露脸，但她看到吴掌柜脸上露出了焦急的神情，斯炯想，这个可怜人是要跟自己告别。她便奋力挤进人群，站在了他面前。吴掌柜舒了一口气，他说，我回机村来是对的，临了还能做一个饱死鬼。

斯炯忍住眼泪，面无表情地站在吴掌柜面前。

掌柜说，斯炯啊，我看到你的蘑菇圈了。真是一个好蘑菇圈。吴掌柜又悄声说，你要去看看你的蘑菇圈。

斯炯说，天凉了，十几天前就没有蘑菇生长了。

吴掌柜很固执，去看看，说不定又长出什么来了。

民兵横横手里的步枪，说，住嘴！

本来想反驳吴掌柜的斯炯就不说话了。

吴掌柜被民兵押着上路了。

走到村口，往西北去，是开阔谷地，往东，河水大转弯那里，有一堵不高的石崖。崖顶上长着几株老柏树，树下面十几米，河水冲撞着崖壁，溅着白浪，激起漩涡。崖上的路，也在那里和河水一起转而向南。吴掌柜没有随着道路一起转弯，他一直往东走，走到了一株老柏树跟前。他回过头，看了尾随而行的看热闹的人群一眼，再转身直接往前，直到双脚踏空，跌下了悬崖，在河水里溅起了一朵浪花。只有两个押送的民兵看到了那朵短暂的浪花。等其他人也扑到崖顶，看那河水时，浪花已经消失了。跌进水中的人也消失

不见了。后来，那个没有了魂魄的尸身从下游几百米处冒上了水面，没有人试着要去打捞这具尸体，只是望着他载沉载浮，往他家乡的方向去了。

斯炯害怕得要命，没敢走到崖前向河里张望。她浑身颤抖往家里去。回家的路上，她看见法海正赶着羊群上山，羊群去往的地方，正是昨晚民兵把掌柜抓下山来的那个地方。

她也就跟着爬上山去。

她追上法海的时候，羊群已经在泛黄的秋草间四散开去。法海站在一摊灰烬前发呆。昨夜，那里还是一团闪烁不定的火光，现在却只是一些暗白色灰烬和一些黑色的浮炭。斯炯盯着那了无生气的火堆的遗迹，眼泪潸然而下。法海和尚却在笑。他说，幸好民兵抓住了他，不然，他们会说我破坏集体经济。他们会怀疑是我吃了那两只羊。

斯炯流着泪，说，吴掌柜跳河了。

法海和尚平静地说，他是解脱了。

斯炯说，我害怕，他最后的话是对我说的。

法海和尚说了让斯炯记得住一辈子的话，他说，你是怕他变鬼吗？没有庙，没有帮忙超度的人，他变鬼有什么用呢？他用脚拨弄灰烬旁那段羊腿骨，说出了心中的疑问，他杀了我两只羊，为什么只有一段羊腿骨，难道他饿到连那些骨头都吃了？

斯炯对法海这样的表现很失望，觉得他是个没脑子，同时更是个没心没肺的人，便离开他转身下山。这时，她耳边响起了吴掌柜最后的话，那嘶哑而又平静的声音在对她说，斯炯，去看看你的蘑菇圈吧。

她绕了一个弯，避开放羊的法海，钻进了树林，轻手轻脚，来在了她的蘑菇圈跟前。几株栎树，几丛高山柳之间，是一片湿漉漉的林中空地。曾经密密麻麻，采了又生，采了又生的蘑菇全都消失了。只有颜色变得黯淡的落叶，枯萎的秋草，显出一种特别凄凉的情景。蘑菇们都被秋雨淋回地下，要明年的夏末秋初才肯露头了。斯炯想，吴掌柜叫我来看什么呢？一定是他临死前害怕得神志不清了。

但她随即又否定了自己，今天早上吴掌柜的样子，是他潜回机村来后最镇定自若的。斯炯不是一个脑子灵活的人，更不是个要强迫自己去想那些难以想清楚的事情的人。于是，她转过身来，带着一点失望的心情离开她的蘑菇圈。这时，她看见一只狐狸隔着一丛柳树探头探脑地向她张望。等她走出了二三十步，那只狐狸就从柳树丛后跳了出来，伏下身子在泥地上飞快地刨将起来，狐狸的头埋进了浮土和枯枝败叶中，斯炯只看到它高高竖起的尾巴在眼前摇晃不休，看到被狐狸刨出来的泥巴与枯叶在尾巴周围飞起又落下。

接着，她就闻到了肉的味道，带血的生肉的味道。

这一刻，她明白了吴掌柜那句话的意思。她冲上去，狐狸跑开。她从狐狸刨出的小洞中看见了一颗羊头。这回，是那只不甘心的狐狸隔着柳丛向她张望。她紧抓住两只羊角，口里哼哼有声，把一只羊从地下拖了出来。那是用一张剥下的羊皮包裹着的缺了一条腿的羊。也就是说，这只羊还有三条腿和一整个身子。而且，还是一只肥羊。

斯炯先是吃惊，然后就笑了起来。

她知道自己不能现在就背负羊肉下山，她更知道，要是把羊肉留在山上，那这只眼睛放光的狐狸什么都不会给她剩下。于是，她重新把羊肉埋在浮土中，把身子坐在上面，紧盯着狐狸开始歌唱。

她唱当地的歌。那歌唱的是春天到来时，草原上有三种颜色的花朵要竞相开放。蓝色的花，红色的花和金黄色的花错杂开放，那就是春天来在人间，犹如天堂。

她又用汉语唱这些年流行开来的歌。社会主义好，社会主义好。毛主席呀派人来，雪山低头向那彩云把路开。雄赳赳气昂昂跨过鸭绿江，保和平卫祖国就是保家乡。她不知道，那些跨过鸭绿江的军人早几年就已经班师回朝了。

她一直唱到盯着她不明所以的狐狸从眼前消失了。

那一天，闻到肉味来到她跟前的还有一只臭烘烘的獾，两只猞猁，和好几只乌鸦。那几只乌鸦是一起飞来的，它们停在栎树的横枝上，呱呱叫个不停。那声音让斯炯感到害怕，但她还是坚持坐在掩藏着羊肉的浮土上一动不动。她看见，躺高处草坡上睡觉的法海被这群乌鸦吵得不耐烦了，站起身来，又是挥动手臂，又是长声吼叫，终于把那些乌鸦轰跑了。

斯炯想，这个和尚哥哥还是能帮上一点忙的。这样的想法使她感到安慰和温暖。

这样的温暖一直持续到她晚上把羊肉背回到家里。

回到家时，法海不在，工作组要调查那只羊是如何被吴掌柜偷走的，他被叫去问话了。这使斯炯有足够的时间把羊肉挂到房梁上，让火塘里的烟熏着。她有把握，法海和尚是不会抬头往黑黢黢的房顶张望的。他总是低着头，像是总是在看着自己的心。这个烧火和尚总是以这样的姿势，在默诵他十几年的寺庙生涯中习得的简单的经文与偈咒。除此之外，这个家里不会有人来。

本来，她想煮一块羊肉，让家里每个人，母亲，儿子还有哥哥和自己都喝上一碗香喷喷的羊汤，但她克制住了这样的冲动。她知道，这样做会让哥哥感到害怕。而母亲看着这一切，一言不发。自从她和法海回到这个家，他们的母亲就像被夏天的雷电劈了，不关心身边的事情，甚至也不再跟人说话。

忙完这一切，法海回来了。他端着手里的蘑菇土豆和面片三合一的汤，还说怪话，来世我不会变成一朵蘑菇吧。

斯炯说，没听说过有这样的转生啊。

法海说，蘑菇好啊，什么也不想，就静静地呆在柳树阴凉下，也是一种自在啊！

斯炯笑了，哥哥的话让她想起一朵朵蘑菇在树荫下，圆滚滚的身子，那么静默却那么热烈地散发着喷喷香的味道。

法海又说，明天，他们要找你问话呢。

斯炯说，人都死了，问就问吧。

几天后，村子里出来一张布告。说吴犯芝圃，身为剥削阶级，仇视社会主义，逃离原籍，四处流窜，响应国际反华逆流，破坏集体经济，被高度警惕的人民群众捕获后，畏罪自杀，罪有应得，遗臭万年！那张布告跟那年头流行的盖了人民法院大印的布告不一样，是用墨汁饱满的毛笔写下的，出自当年为斯炯的名字定下汉字写法的工作组长刘元萱的手笔。

听人念了，解释了布告的意思，斯炯和机村人才知道吴掌柜的全名，叫吴芝圃。

这个名字被机村人念叨了好几年。那一年正好是十来岁的那批机村孩子，行夜路时互相吓唬，就会用不准确的汉字发音发一声喊，芝圃来了！

饥荒年过去了三四年后，那批孩子自觉已经长大成人，不再玩这个看起来幼稚的游戏。一批新的半大孩子，在村中呼啸而来又呼啸而去时，有了新发明出来恐吓同伴的游戏。他们时兴的是，突然从一个隐蔽处窜到同伴身后，把一截木棍顶在人腰间，大喝一声，缴枪不杀！

这是他们从两三个月会来一次村里广场上放映的露天电影中学来的。

斯炯的儿子也快到上学的年纪了。斯炯的儿子长得比村里别的同年的孩子都白净高大，在这群饥馑年出生的瘦弱孩子中特别显眼。斯炯知道，都是吴掌柜留下的那头羊的功劳。

胆巴学那些大孩子，把一截木棍顶在舅舅腰间，说，举起手来，缴枪不杀！

他不知道舅舅是前和尚，一个并不明白高深教理的坚定佛教徒，所以，他坚决不肯举起手来。

没有得到响应的侄儿便咧开嘴哭了。

斯炯把儿子揽到怀中，你早该知道舅舅是没良心的人。

法海回击，动不动想用枪指人，喊打喊杀，才是没良心的人。

斯炯想说的是，家里这个男人除了上山放羊，几乎什么也不会干。但她不想把这样伤人的话说出口来。她只是说，请家里的两个男人不要吵闹，我们要吃晚饭了。

这已经是 1965 年了。

斯炯家的晚饭还是煮面片。但这是真正的煮面片。浓稠的汤，筋道的面片，里面有肉，还和着少许的白菜叶子。一碗吃得人身上发热，两碗下肚，斯炯面色潮红，法海的光头上已布满粒粒汗珠。胆巴笑起来，说舅舅的脑袋像早上院子里的石头。斯炯也笑了，她对哥哥说，这孩子怎么想起来这么一个比方。

舅舅把侄儿揽在怀中坐下，一本正经赞叹道，想得起奇妙比喻的脑袋是不一般的脑袋！

早晨，初秋时节，那些清冷的早上，院子里光滑的石头是确实会凝结满一颗颗珠圆玉润的露水，真还像极了法海和尚头上那些亮晶晶的汗珠。

斯炯突然像个少女一样咯咯地笑起来，傻儿子，石头结露水时那么冰凉，舅舅的汗是热出来的！

法海打了一个嗝，复又赞叹道，呀，都是麦子香和油香，我身上的蘑菇和野菜味快没有了。

斯炯说，要记住是蘑菇和野菜味让我们挺过了荒年！斯炯又说，还有一只羊。

法海念一声阿弥陀佛，说，为什么人只为活着也要犯下罪过。

也是因为哥哥这句话，第二天，斯炯瞅个空就上山去了。路上，看见可以充饥的野菜，想起都是那年吴掌柜教她认识的。掌柜穿着一样一只的鞋，指给她野荠菜，说这是吃茎的叶的，指着蕨说，这是要挖出根来取粉，混合了麦面一起吃的。吴掌柜年轻时，顺着驿道吃着这些野菜逃荒到山里来，后来成了驿道上的旅店掌柜。斯炯记得，旅店前面的柜台上还摆放着些针头线脑的小杂货，柜台后还有一只酒坛子，里面泡满了从山野里采来的草药。掌柜常常坐在柜台后面，舀一小碗酒，嘬嘬溜溜地喝着，满脸红光，目光明亮。第二次逃荒到山里，就再也指望不上这样的小光景了。

斯炯已经有几年没来看过这个蘑菇圈了。

新生的灌丛把她当年频繁进入林中踏出的小路都封住了。她费了好大的劲，才钻进了那块小小的林中空地。阳光从高大栎树的缝隙间漏下来，斑斑点点地落在地上，照亮了那些蘑菇。蘑菇圈又扩大了一些，几乎要将这块林中空地全部占领了。一对松鸡各自守着一只蘑菇，从容地啄食。斯炯钻进树丛时，它们停顿了一下，作出要奔跑起飞的姿态。

经过了饥荒年景的斯炯，见了吃东西的，不论是人是兽，还是鸟，都心怀悲悯之情。她止住脚步，一边往后退，一边小声说，慢慢吃，慢慢吃啊，我只是来看看。两只松鸡昂着头，红色眼眶中的眼睛骨碌骨碌转动一阵，好像是寻思明白了这个人说的话，又低头去吸食蘑菇的伞盖了。

看到蘑菇圈还在，松鸡也安好，斯炯脸上带着笑容走下山去。

就在下山的路上，她看到一辆卡车停在村前，人们正在从车上往下卸行李。这是撤走了几年的工作组又进村来了。

这一回的工作组名叫四清工作组。

斯炯走到工作组的驻地去看热闹。看村里新的靠工作组近的人把他们的行李搬进楼里。当年，她在工作组帮忙时，村里那些不进步的人就像她现在这样，懒懒地倚在院墙上，看工作组和积极分子楼上楼下、院里院外地进进出出。她不再是当年干干净净精精神神的样子了。现在的她，脸上黯淡无光，身上的衣服有些肮脏，一双套在脚上的靴子也松松垮垮。

当年把她的名字写成斯炯的组长刘元萱还在，还是穿着前胸口袋插着支钢笔的旧军装。只是这位已经四进机村的干部，这回已经不复以前的神气了。这回指挥若定，自信满满的是一个瘦小女人。

这个瘦小女人站在那里发号施令，刘元萱和别人一起进进出出楼上楼下地搬运行李。每一次，他都经过斯炯的面前，一副不认识斯炯的样子。斯炯并不在意，她从来没有让他认出来的期待。但在第三次经过她面前的时候，他停下了步子，把左手提着的网兜捯到右手，又从右手上捯到左手。这样捯来捯去的时候，网兜里的搪瓷脸盆和搪瓷缸子搪瓷碗相互碰撞，发出叮叮当当的声响。他想说句什么话，但始终没有说出来。斯炯看到他眼睛里出现了愧疚的神情。他的鬓角上出现了稀疏的白发。斯炯觉得，心脏被一只看不见的手狠揪了一下。没等他说出话来，斯炯就转身离开了。

那时的工作组每天都跟社员一起下地劳动。那个身材瘦小的女人领着大家唱歌，休息时，又给大家读《人民日报》上的文章。这在当年，都是刘组长的事情。现在，他和社员们一起坐在地边，口里嚼着草茎，神情茫然。

很多人都说，刘组长一定是犯了什么错误了。

斯炯的想法却不一样。她想，这个人反倒可以休息一下了。不像那个女组长，把自己累得脸色蜡黄。

晚上开会，女组长讲得慷慨激昂，谁都不知道她那瘦小的身体里哪能储存那么多的能量。工作组把村里的干部都换过了一遍。晚上，或者不能下地的雨雪天，女工作组长还挨家挨户地走访。对斯炯的走访，是一个下雪天。

她脸色苍白，摇摇晃晃地出现在斯炯家的火塘边。她弯着腰，把硬壳的笔记本顶在肚子上，半天开不了口。

斯炯抱出被子来在她背后做成一个软靠，在热茶里多兑了些奶，放在她面前。斯炯说，不要忙着说话，喝点热茶。

那茶里面加了比平常多三倍的奶。

组长喝完奶，闭上眼，脸色红润了一些，说，谢谢，我好多了。

斯炯依然说，不要说话。

她又单烧了一壶不加奶的茶，里面加了两块干姜，她倒了满满一碗，看着女组长把那碗茶也喝了。斯炯说，我想你是肚子不舒服，这回肚子不痛了吧？

组长脸色柔和多了。

她掏出一块水果糖，剥掉上面的彩色玻璃纸，塞进斯炯儿子口中。看着孩子脸上浮现起幸福的表情，她问，孩子叫什么名字？

胆巴。他舅舅起的。

女组长说，我想起来了，我们工作组的人说，起这个名字的人有文化，知道历史上，呃，元朝的时候，就有一个胆巴碑。

组长打开了笔记本，神情也一下变得严肃了，胆巴的父亲是谁？

斯炯温暖的心房随着这句问话一下变凉了。她紧紧闭上了嘴巴。

也许我不该这么问，你有很多男人吗？

斯炯摇摇头，却紧闭着嘴巴。

我也相信你并没有交很多男人，那为什么不知道他父亲是谁？接下来，这个又来了精神的工作组长面对陷入沉默的斯炯说了很多话。中间，还穿插着姐妹，好姐妹，不觉悟的姐妹这种对斯炯的新称谓。组长带着因为奶茶与姜茶造成的红润表情失望地离开了。

斯炯却不明白，身为工作组长，那么多事情不管，却拼命打问一个孩子的父亲是谁。这个世界连一个孩子没有父亲这样的不幸事情都不能容许了吗？这个晚上的斯炯是多么忧郁啊！但是，那天晚上，她做了一个梦。她梦见了使她怀上胆巴的那件事，梦见了使她怀上胆巴的那个人。她醒来，浑身燥热，乳房发胀。想到自己短暂开放的青春，她不禁微笑起来。微笑的时候，眼泪滑进了嘴角，她尝到盐的味道。她想到，这个时候，屋子外面的草，石头，甚至通向村外的桥栏上，正在秋夜里凝结白霜。那也是一种盐，比盐更漂亮的盐。

她抚摸自己的脸，抚摸自己膨胀的乳房，感觉是摸到了时光凝结成的锋利硌手的盐。

工作组没有像以往一样，从村里调一个青年积极分子到组里，说是工作，其实是照顾他们的生活。像当年的斯炯一样，挨家挨户讨牛奶，蔬菜。这一回的工作组自律太严，也许是因为这个严肃的女组长，也许是因为形势更紧张了。

冬天，工作组仍然没有撤走的意思，一个大雪天，脸色蜡黄的女组长又登门了。

这时母牛已经断了奶，斯炯只给她烧了姜茶。

等她喝了茶，脸上起了红润的颜色，斯炯又把一只小陶罐煨在火边，她想煮一块猪肉给这个女组长。但她又掏出了笔记本。斯炯生气了，她说，你又要问谁是胆巴的父亲吗？我不麻烦别人也能把他养大。

组长涨红了脸，我只恨妇女姐妹如此蒙昧，任人摆布。

斯炯听不懂这句话，她说，你觉得我是可怜人，我觉得你也是个可怜人。

组长冷笑，听听，这都是什么话，是你的和尚哥哥教给你的吧。

斯炯后来挺后悔，当时怎么就把准备煨一块肉的罐子从火上撤掉了。

斯炯说，你可以问我别的问题。

组长说，有村民反映，盲流犯吴芝圃是你把他藏起来的。

他以前在这里开店十几年，不需要什么人把他藏起来。

那就是说，你跟他没有任何干系了。

我看他可怜，送了盐给他。

不止是盐吧？

他天天煮野菜和蘑菇，没有盐，也没有油，脸都绿了。我还送了一点酥油给他。

哦，还有油，酥油。

可他也帮了我，他一样一样把可以吃的野菜指给我，把一样一样可以吃的蘑菇指给我，那一年，地里颗粒无收，这救了我家人的命，也救了很多机村人的命。

等等，你说到蘑菇了。说是工作组教会了机村人吃蘑菇？说你天天挨家挨户去收牛奶。

不是天天，就是十几二十天，羊肚菌下来的时节。斯炯笑了，那可是工作组跟机村人学的。

你拿牛奶付钱吗？

有时付。

有时付是什么意思？

有时工作组每个人翻遍了衣兜，也没有一分钱。

后来还了吗？

有时还，有时也忘记了。

好，很好。再说说蘑菇的事吧。

其他蘑菇的吃法，真是工作组带给我们的。油煎蘑菇、罐头烧蘑菇、素炒蘑菇，蘑菇面片汤。说到这里，蘑菇这个词的魔力开始显现，斯炯脸上浮现出了笑容。组长那严厉的脸也松弛下来，现出了神往之情。她干枯的嘴唇蠕动着，轻声说，还有烤蘑菇。

斯炯笑了，不，不，那是机村人以前就会的。那就是以前的小孩子们，从家里带一点盐，在野外生一堆火，在蘑菇上洒点细盐，烤了，吃着玩。

不是说，以前机村人不认识蘑菇，也不懂得吃蘑菇。

哦，只是不认得那么多，也不懂得那么多的吃法。

组长问了这样一个奇怪的问题，你说吃蘑菇好还是不好。

斯炯想起前工作组对这个问题的表述，移风易俗，资源利用。于是说，好，很好。

听说你那时满山给工作组找最美味的蘑菇。

是啊，蘑菇真要分好吃和不好吃，羊肚菌、松茸、鹅蛋菌、珊瑚菌、马耳朵都是好吃的菌子。

组长冷笑起来，原来你在工作组工作就是采菌子去了。

斯炯以为她还要问自己上民族干部学校的事情，但组长已经合上了本子站起身来。

走到院子里，组长摔倒了。她躺在地上，满脸的虚汗。但她推开了斯炯拉她的手，说，我自己能起来。

斯炯见她一时爬不起来，又不要自己拉她，便回到屋子里，取来一串干蘑菇。组长已经站起来了，正仔细地拍去身上的尘土与草屑。斯炯把那串蘑菇塞到她手上，说，弄一点肉，煮一点汤。

组长生气了，把那串蘑菇挂在斯炯脖子上。那串干巴巴的蘑菇悬挂在她胸前，像一串项链。组长冷笑，说，这串项链并不好看。

斯炯也生气了，她说，你要是好干部，就让我们这些老百姓能戴上漂亮的项链。

组长的脸更加蜡黄了，她抬起的手抖索个不停，嘴里却说不出话来。最后，一口鲜血从组长两片干涩而菲薄的嘴唇间冒了出来。斯炯被吓坏了。组长抹一把嘴，看到手上的鲜血时，身子就软下去，昏倒在了斯炯脚前。斯炯背上她，一口气跑到工作组的楼前，开始大声哭喊。然后，自己也吓晕过去了。她醒过来的时候，先看见一盏昏黄马灯在头顶摇晃。

然后才看见了工作组刘副组长俯看着她。

她问，这是在哪里？

车上，去县里的医院。

斯炯说，请告诉我哥哥，带好我的儿子。告诉她我回不去了。

刘副组长握住她的手，斯炯啊，你受苦了。

斯炯挣脱了手，我有罪，我把组长气得吐血了。

刘副组长眼光转到别处。顺着他的目光，斯炯看到了女组长的苍白瘦削的脸。因为没有肉没有血色而显得特别无情的脸。

刘副组长叹口气，说，那就得看她醒来怎么说了。

斯炯更加害怕，挣扎着要起来，要从行驶的卡车上跳下去。刘副组长说，真有什么事情的话，逃跑有什么用？你能比吴芝圃跑得还远？

这一来，绝望的斯炯又晕过去了。

再次醒来，她已经躺在医院里了。不是在病房，而是在医院的走廊里。她动了动身子，床就吱吱作响。身边，穿着白大褂的人来来去去，从她床头旁的门里进进出出。她闭上眼睛，感觉有什么冰凉的东西正从手臂上进入体内，使得她手脚冰凉。她想，也许，什么时候，自己就被冻住，变成一块冰，死去了。于是，她紧紧闭上了双眼。但她真的没有再晕过去，也睡不着。而且，到了下半夜，她感到了饥饿。于是，斯炯哭了起来。

她不敢放纵自己，只是低声饮泣。因可怜自己而低声饮泣，所以，没有人听见。那时，医生护士已经不再频繁进出自己头顶旁边左拐的那个房间了。长长的走廊灯光昏黄，干净的水泥地闪闪发光。斯炯听法海哥哥描绘过灵魂去往佛国的路，就是一条长长的充满光的通道。斯炯想，这就是自己的灵魂在往佛国去了。突然，她又意识到，灵魂去往佛国时，怎么会想到自己的灵魂是在往佛国去？这下，她真正清醒了。

她一下翻身从病床上起来，把扎在手背上输液的针头也扯掉了。她看见一粒血从针眼处冒出来，越来越饱满，在这粒血炸裂之前，她把手凑到嘴边，吸吮掉了。她起身走到床头边那道门前，并没有注意到有第二滴血又从针眼里冒出来。那道用红色写着 32 号的白门上有一块玻璃，当她手上的血滴在地上时，她正隔着玻璃门向里面张望。屋子里没有灯，但隐约可见里面的床上躺着一个人。

突然，屋里灯亮了。

是床上那个人伸手打开了床头上的一盏灯。

灯光照亮的是女组长的脸。这张脸，在白色的枕头和白色的床单中间，苍白，松弛，而又宁静。这情景让斯炯感动得又哭了起来。

组长抬手招她进去。

斯炯站在组长床前哭得稀里哗啦。

组长用她从来没有听到过的轻柔的声音说，斯炯，你不要害怕。

我不是害怕，你那么漂亮，又那么可怜。

组长脸上的神情又在往严厉那边变化了，斯炯赶紧辩解，我不是说你真的可怜，我的意思，我的意思是……

组长的表情又变回到可亲可怜的状态了，她笑了笑，说我明白你的意思，我的母亲也是一个佛教徒。只有佛教徒才会不知道自己可怜而去可怜别人。

斯炯低下头，捧住组长的手，哭了起来，我不该让你生气。

组长当然不承认是生气而吐了血，她说，不怪你，医生的诊断结果出来了：肺结核，营养不良，超负荷工作，在你们村染上了肺结核。她抽回手，头重新靠上了枕头，也许，上面会让我回老家去养病了。这时，她看到了斯炯手上的血，她递给斯炯一团药棉，让她摁在手背上。组长说，你回去吧，我一时半会儿不会回村里来了。

　　斯炯眼里流露出依依不舍的神情，不肯离开。

　　组长说，那你坐下吧。

　　斯炯就在床前的椅子上坐下了。

　　多少年过去了，斯炯也会在心里说，那是她这一辈子过过的最美好的一个夜晚。在那几乎一切东西都是白色的病房中，组长的一张脸浮现出梦幻般的笑容，她的黑眼睛和黑头发在灯下闪闪发光，她柔声说，我不该那样说你，我知道你是要送我一串蘑菇。我知道，机村人数你最会采蘑菇，给我说说蘑菇圈是怎么回事吧。蘑菇真的在林子里站成跳舞一样的圆圈？

　　斯炯笑了。

　　斯炯说，蘑菇圈其实不是一朵朵蘑菇站成跳舞一样的圆圈。蘑菇圈其实就是很多蘑菇密密麻麻生长在一起。采了又长出来，采了又长出来，整个蘑菇季都这样生生不息。而且，斯炯说，本来以为今年采了，就没有了，结果，明年，它们又在老地方出现了。

组长笑了，是的，孢子和菌丝，永远都埋在那些腐殖土里，生生不息。

斯炯说，几年不采，它们就越来越多，圈子也越来越大，好多都跑到圈子外面去了。

斯炯又说，明年蘑菇季，我给你采最新鲜的蘑菇，你带着本子到我家来问话，我给你做最新鲜的蘑菇，牛奶煮的，酥油煎的，你想问什么话我都告诉你。

组长摇摇头，闭上眼，哑声说，医生说，我的肺都烂了，烂出了一个洞。明年你的蘑菇圈再长出蘑菇的时候，我说不定都死了。

面对如此情形，斯炯就说不出什么话来了。她就那样木呆呆地静坐在组长床前。

过了很久，组长又睁开眼睛，你放心回去吧。我不会再来打扰你了。不会再来问你那些你不想回答的问题了。

斯炯走出医院时，天正是黎明时分。柳树梢头凝着晶晶亮的霜，河面上流着嚓嚓作响的冰。

从县城回机村的路真长。她从黎明走到黄昏，灰白的路还在脚下延伸，风吹动树林，发出尖利的哨声。饿得难受时，她从溪边上取一块冰，含在嘴里。冰不能饱肚子，但那锐利的冰凉却能使她清醒一些。半夜时分，她走到村子边上，全村的狗都叫起来。她看见一个人穿着厚皮袍，站在桥头上。那个人打开手电筒，照向斯炯的脸。然后，从耀眼的光柱后面传来了一个男人的哭声。她没有听出来那是法海哥哥。因为她从来没有听过他的哭。直到他说，你要是不回来，叫我怎么能照顾阿妈和胆巴啊！

斯炯这才问，你是法海吗？

我是没有用的法海，没有你，我们一家人该怎么过活？

从昨天离家开始，斯炯已经很长时间没有吃过一点东西了。她扶着桥栏说，我走不动了，你回家去取点吃的来吧，我吃了才有力气走到家去。

法海真的就转身往家跑。

跑开一段，他又转身回来，说，我这个笨蛋，我这个笨蛋！他在妹妹身前蹲下，听妹妹舒一口长气，身子软软地靠在他背上，他才猛然起身，把妹妹背回了家里。

斯炯在哥哥背上哭了，又笑了。

斯炯记得，那天晚上，哥哥给他吃了多少东西啊！他总是搓着手说，再吃一点吧，再吃一点吧。后来，斯炯实在是一点也吃不下了。才让哥哥扶着到了儿子床边，一头栽下去，搂着儿子就睡着了。

斯炯不知道这一觉自己睡了多久。当她睁眼醒来时，她知道，自己肯定不止睡了一个晚上。她一睁眼，站在床前的儿子就跑开了，喊道，阿妈醒了，舅舅，阿妈醒了！

法海赶紧过来，告诉她，工作组长要见你，原先的那个刘组长。

斯炯梳头洗脸，完了，却坐下来喝茶。

法海很吃惊，你不去见工作组吗？

斯炯说，你想去，就替我去吧。

我去了说什么？

你想说什么就说什么。

我没有什么要说的。

那你就说，我家斯炯想离他们远一点。

法海后来真把这话对刘元萱组长说了。某天，他赶羊上山时，恢复了工作组长身份的刘元萱出现在路口上，他说，怎么，我不是叫你转告你妹，我有事情要跟她交待吗？

法海说，我家斯炯说，你们工作组请离她远一点。

刘组长吃了一惊，我没有听错吧？她真这么说了？

佛祖在上，她真这么说了。

刘元萱重新当上组长，一改很久以来的倒霉样，重又变得像当年一样意气风发。所以，他大度地说，她是让那个女人弄害怕了，今天不来，明天会来的。

但斯炯始终没有在工作组面前出现。甚至在村中行走时，也故意不经过工作组在的那座楼房了。

春天到来的时候，机村经历有史以来前所未有的大旱。天上久不下雨，村里引水灌溉的溪流也干涸了。溪流干涸，是机村人闻所未闻的事情，可这不可思量的情形就是出现了。道路也简单，山上的原始森林被森林工业局的工人几乎砍伐殆尽，剩下的被一场大火烧了个精光。

那天，斯炯去泉边背水。在干旱弄得庄稼枯萎，土地冒烟的时候，这片藏在林子里，从几棵老柏树下汩汩而出的清泉使得这一小方天地湿润而清凉。斯炯把水桶放在台子上，躬身一瓢瓢把清冽的泉水舀进桶里。她动作很轻，不想弄乱了那一凼水中倒映着的树影与蓝天。她突然感到害怕，饥荒又要降临这个山村了吗？而且，这一回，不止是地里庄稼歉收，大地失去了水的滋养，野菜，特别是喜欢潮润的蘑菇也难以生长。这时的斯炯作出一个决定，她要去用水浇灌她的蘑菇圈，让蘑菇生长。

但是，第一次尝试就失败了。

从泉眼到林子中她的蘑菇圈，没有成形的路，等她满头大汗到达目的地，泉水早就从没有盖的背水桶中泼洒殆尽了。

斯炯央告木匠为她的背水桶加一个盖子。木匠惊诧地瞪大了眼睛，呀呀呀，斯炯啊！从古到今，谁见过背水桶加过盖子啊！我可不敢乱了祖传的规矩。不久，斯炯要替背水桶加盖的消息，成为一个笑话在村里迅速流传。

有些人甚至在斯炯背水回家的路上，拦住她问，斯炯不会背水了吗？斯炯会因为背水桶没有盖子，把水都泼洒到路上吗？

几天后的早上，太阳刚刚升起，天上没有一丝云彩，空气中充满了呛人的尘土味道，有人拦住斯炯又提起要给背水桶加盖子的话，以博大家一笑，这回，斯炯停下了脚步，她说，我是要给背水桶加上盖子呢，我怕有一天，水还没有背回家，就都被太阳晒干了。

那些年，人心变坏了，人们总是去取笑比自己更无助的人。所以，斯炯这样的人总是成为村人们笑话的对象。但是这一天，当斯炯说出了这句话，那些人再也发不出笑声。说完这句话，斯炯背着水走过那些可怜人。留下这些逞口舌之快的人在那里回味她这句话，想想自己的生活，为她这句话感到害怕。

时间回去十几年，不到二十年，是机村的土司时代。机村的老年人和中年人，都从那个时代生活过来，他们知道，在那个时代，如果有人像斯炯一样先是有了给水桶加盖般的荒唐新奇的想法，继而又说出有诅咒意味的话，那她就成了一个邪恶的女巫。旧时代的人和新时代的人有一样其实相当一致，就是相信现实中的灾难是因为一些灾难性的话语所造成。土司时代，斯炯会被土司派遣来的喇嘛宣布邪祟附身，而从人间消失。今天，那些被她这话震惊的人们赶紧把情况汇报到工作组。

那一天，工作组刚收到气象局对天气咨询的复函。一、限于条件，气象局无法提供超过半个月的长程天气预报；二、可以预见到的半个月内，机村所在地区依然不会有降水。

这边正一筹莫展，村民们又报告来斯炯说的话。

当即有人拍案而起，要把这个恶毒的女人抓起来。

刚刚复任了工作组长的刘元萱这回却冷静，他说，跟土司时代一样，宣布她是女巫，赶到河里淹死，天上就会下雨吗？

说完，他就背着手去了河边。河边就在村庄下方，在庄稼地下方二三十米的河岸下滔滔流着，但没有提灌设备，水上不到高处。刘元萱又去到机村的泉眼，也许可以用水渠把泉水引来浇灌土地。这个时候，他有点责备自己的官僚主义了。算是这一回，他已经在机村工作了五年有余，喝了那么多机村的甜泉水，却没有到泉眼处来看过一眼。进到那圈围着泉眼的柏树丛中后，地面潮湿了，空中也弥漫着水汽。

刘元萱在这里碰见了斯炯。

斯炯刚刚盛满了水桶，正用东西封住没盖的桶口。她用来封闭桶口的是一张已经被水泡软的羊皮。她用那羊皮盖住了桶口后，正又用细绳紧紧地扎住，拴牢。刘元萱组长突然开口说话，吓得她惊叫一声从水桶旁跳开了。

还是刘组长伸手扶住了水桶，说，这样子水就不会被太阳晒干了？

斯炯捂住胸口，出口长气，一屁股坐在地上，不再说话。

刘组长放缓了声音，以后不要再说这种没头没脑的话。

斯炯闷在那里，勾着头一言不发。

刘组长又说，你不要害怕，那个女人不会回来了，不会再有人追着你问问题了。

斯炯突然抬头，说，都是可怜的女人，我不怕她，我喜欢她。

刘组长不高兴了，她连命保得住保不住都不知道，不管你喜不喜欢，这女人都不会再回来。我又是工作组长了。他见斯炯又不说话了，便拨弄着蒙在水桶上的羊皮，前些年缺粮，你存野菜，存蘑菇，今年天不下雨了，你老来背水，是要在家里存满水吗？

斯炯提高了嗓门，你不是爱吃各种蘑菇吗？天旱得连林子里的蘑菇都长不出来了。

刘元萱换了组长的口吻，困难总是会过去的，你要对党有信心。

这些日子，斯炯觉得自己开始在明明白白活着了，所以才能说出那种让全村人情感激荡的话。可眼下，又被这个人的话弄糊涂了，天下不下雨，跟共产党有什么关系，跟信心有什么关系？

说这种话的人真是可恨的人，但斯炯早就决定不恨什么人了。一个没有当成干部的女人，一个儿子没有父亲的女人，再要恨上什么人，那她在这个世上真就没有活路了。

刘组长又说，你也是苦出身，有什么困难可以找组织嘛。

斯炯背上了水桶，直起身，说，我不会来找你的。然后，就转上了山道。

刘组长看着她的背影消失在林中，摇摇头，释然一笑，转身便把围着泉眼下方挡着的木头挡板拔了，把那一凼水放得一干二净。为的是看清楚泉眼出水处有多大的流量。他看清楚了，不过是筷子粗细的三四股水从石头缝中涌出。他本来打算要开一条水渠，把泉水引去浇灌庄稼，但这水量也太小了，不等流到地里，真就像斯炯说的，不等流到地里就被太阳晒干了。

这回，轮到失望之极的刘组长垂头坐在了泉眼边。

而此时的斯炯正背着水桶往山上爬。山坡陡峭难行，但她很喜欢听到背上桶里水翻腾激荡时发出的好听的声音。她一边往山上爬，一边在心里排列这个世界上好听的声音，排在第一的就是水波的激荡声。一只鸟停在树枝上叫个不停，她抬起头来，说，你的声音也是好听的声音。这几天，那只画眉鸟跟她已经很熟悉了。每天都飞在这丛柳树上来等她。她知道，转过这个柳丛，就是那群栎树包围着的蘑菇圈了。这鸟它是来等水喝的。

斯炯到了蘑菇圈中，放下了水桶，一瓢又一瓢把水洒向空中，听到水哗一声升上天，又扑簌簌降落下来，落在树叶上，落在草上，石头上，泥土上，那声音真是好听的声音。洒完水，斯炯便靠着树坐下来，怀里抱着水桶，听水渗进泥土的声音，听树叶和草贪婪吮吸的声音。她特意在桶里剩一点水，倒在八角莲那掌形的叶片中间，那只鸟就从枝头上跳下来，伸出它的尖喙去饮水。看到鸟张开尖喙，露出里面那长长的善于歌唱的舌头，她禁不住露出笑容。

那些烈日当头的干旱天气里，不管是工作组还是村干部，再要催动眼看收成无望的村民参加集体劳作成了一件非常困难的事情。

男人们偷偷潜进山林打猎，女人们采挖野菜。只有斯炯的法海哥哥还得每天把羊赶到有水有草的地方。而斯炯每天两次背水，悄悄去浇灌她的蘑菇圈。八月

的一天，斯炯刚背水到林边，她就知道，蘑菇出土了。因为那熟悉的好闻的蘑菇气息已经钻进了她的鼻腔。

那天，她浇完了水，便半跪在山坡上，把一朵一朵刚刚探头的蘑菇细心采下来，直到牵起的围裙装得满满当当。她心满意足地站在林边，看见吸饱了水分的土地，正在向她奉献，更多的蘑菇正在破土而出。那只鸟跳下枝头，啄食一朵蘑菇。斯炯对它说，鸟啊，吃吧，吃吧。

那鸟索性跳到蘑菇顶上，爪子紧抓着菌盖，头向下一口口尽情啄食。

斯炯又说，吃吧，吃吧，可不敢告诉更多的鸟啊！

鸟停下来，歪头看着斯炯，灵活的眼球骨碌碌转动。

晚上，斯炯把一朵朵蘑菇切成片，用酥油一片片煎了。香气四溢的时候，她想，这么好闻的味道，全村人一定都闻到了。饭后，本来她是想请哥哥法海帮她做一件事的，但天一黑下来，哥哥就急着要出门。他已经和村里一个斯炯一样的女人好上了。天一黑，心就不在自己家的房子里了。

所以，天一黑，等家里破戒和尚出了门，斯炯就把剩下的蘑菇兜在围裙里，带着儿子胆巴出门了。每到一家人院门前，斯炯就取几朵蘑菇放到胆巴手上，让他穿过院子放在人家门口。胆巴把蘑菇放在人家门口石阶上，再敲敲别人家的门。胆巴人小，敲门声却很响。等到人家闻声开门时，母子俩已经走到下一家人的门口了。那个夜晚，斯炯带着儿子走遍了全村。在法海天天去过夜的那一家，母子俩偷藏在墙角，看那女人衣衫不整地出来，看见门前的蘑菇，发出了惊喜的声音。母子俩还看见法海光着和尚头也出现在门口，看见蘑菇，赶紧便把那女人拉进了屋子。

　　胆巴摇着斯炯的手，说，我看见舅舅了，法海舅舅！

　　斯炯憋着笑声，已经憋得喘不上气来了。

　　最后，是工作组的那幢房子。

　　连胆巴都知道人们把天干不雨的账也算在折腾人的工作组头上，所以不肯把蘑菇送进院里。斯炯就把最后几朵蘑菇放在了院墙上面。

　　斯炯对儿子说，那个人爱吃这个东西。

　　胆巴说，我不知道你说的那个人是谁？

他说你的名字有文化。

儿子说，我也不知道什么是文化。

斯炯说，那你就住嘴吧。后来，她又说，吴掌柜教会我认野菜，工作组教会我做蘑菇。

儿子真的就不再开口，不再理会她。

斯炯第三回把采来的新鲜蘑菇悄悄送到各家门口，回来的时候，发现自己家的门口石阶上也有一样东西。那是一块新鲜的鹿肉。

接下来，门口又悄然出现了野猪肉和麂子肉。

大家都心知肚明，是谁往他们家门口送去四回蘑菇。斯炯也知道，是村里哪家会打猎的人上山打猎，偷偷送来了鹿肉野猪肉和麂子肉。在炖了野猪肉吃的那个晚上，斯炯对胆巴说，邻居的好，你可是要记住啊！那时，村民们几乎都知道了这些蘑菇是斯炯背水上山养出来的。吃了她用水浇灌出来的蘑菇，人们才知道她要给水桶加盖的用意了。木匠自己带了尺子上门来，斯炯啊，把你的水桶给我量量尺寸吧。

斯炯心里的怨气上来了，水桶加了盖子，就像马生了角了。

木匠说，是我说的糊涂话呀，老脑筋哪想得到会给蘑菇喂水的人哪！

斯炯叹口气，大叔呀，不必了，蘑菇季都过去了。

木匠说，明年还要用呀！

斯炯说，好心的大叔，可不敢这么去想！明年再这样，几朵蘑菇也救不了人了！

一句话，那时，机村人在背地里都叫斯炯是养蘑菇的人。

一天晚上，斯炯家门口又出现了一块肉。斯炯没有架锅生火，而是对法海说，拿着这块肉，去看她吧。

法海脸都笑开了花，说，妹妹你都不知道她那两个孩子有多馋！

早上，法海回来，斯炯问了他一句话，你也是男人，也可以上山去打猎啊！

法海却一脸认真地说，那怎么可以，我是和尚啊！

斯炯就笑了，她心想和尚也不该要女人啊，然后，她又哭了。

日子就这么过去了。

四清运动还没有结束，文化大革命又来了。

工作组还呆在机村，却很是无所事事了。听说州里，县里，都有造反派起来斗争领导。那一阵子，工作组得不到新指示，不知道怎么开展工作了。

刘元萱组长日子难过，便披了大衣在村子里漫无目的地走动。不喜欢他的人就说，这人怎么像只找不到骨头的狗一样啊。

村子不大，他在村里带着不安四处走动时，难免要和斯炯碰见。

第一回，他说，哦哦，知不知道人们都叫你是养蘑菇的女人啊。

斯炯没有说话。

第二次碰见，正好胆巴跟着妈妈一道，刘元萱就蹲下来，孩子该上学了。但村里那个小学校的老师都进县城运动去了。

斯炯还是没有说话。

第三次碰见，刘元萱都瘦了一圈，他脸上露出悲戚的神情，斯炯啊，我想我该走了，这一走，这辈子怕是见不着了。

斯炯跟他错身而过时说，你还会来的，每一回你走了，都回来了。

刘元萱在她身后说，形势变了，形势变了。我赶不上趟了呀！

这一天，村里几个在外面上中学的红卫兵回来了。他们是开着卡车回来的。不止他们自己回来，他们还带来了更多的红卫兵。他们做的第一件事情就是冲进工作组那幢房子，把机村最大的当权派刘元萱揪下楼来。据说，刘元萱当时已经收拾好东西，背上背包准备下楼了。那个夜晚，村里的小广场上燃起了大堆篝火，由红卫兵开起了刘元萱的批斗大会。机村人真是恨这个刘元萱的。施肥过多使得庄稼不能成熟而造成第一次饥荒。刘元萱深深地低下头，以致纸糊的高帽子几次落在地上。说到去年天旱，又使机村陷入颗粒无收情形时，他却抬起头来，说，这个账不能算在自己头上，天不下雨他没有办法，森林工业局砍伐光了山上的树林，使得溪流干涸的责任也不在他。这种态度使从县城来的红卫兵愤怒不已，当晚，刘元萱就被打断了一条腿和两条肋骨。

当天晚上，这群红卫兵又把刘元萱扔上卡车，呼啸而去。

这一去，就再也没有了消息。

两年后，那些意气风发的红卫兵却灰头土脸地回到了村子，回来接受贫下中农再教育，当社会主义新农村的新农民了。

其中一个改了名字叫卫东的，成了村里小学校的民办老师。

关闭了三年的小学校又响起了钟声。胆巴和村里孩子都上学了。

胆巴第一天上学回来就拿一块木炭在家里墙壁上四处书写，毛主席万岁！他还会用据说是英语的话说这句话，朗里无乞儿卖毛！

法海对此发表评论，毛主席是大活佛。一次又一次转世，要转够一万年呢。

胆巴对舅舅大叫，我要告你！

舅舅当即吓得脸色苍白，我以后不敢乱说乱动了。

胆巴举起印了毛主席像的写字板，向毛主席保证！

法海说，我保证。

发生这事的时候，斯炯不在家。她没有去背水，也没有去看她的蘑菇圈，她是被邻居家的女人叫走了。那女人采回来很多水芹菜，怕里面混有毒草，把人吃出毛病，请她去帮忙辨认。

　　斯炯带着一把水芹菜回来，发现法海把胆巴灌醉了。前两天，他在放羊时，从一个树洞里掏到一个小小的野蜂巢。正是满山毛茛和金莲花盛开的季节，蜂巢里自然盛满了黄澄澄的蜂蜜。法海很珍惜这点蜂蜜。不珍惜不行啊。这时母亲已经去世两年了。但他这点甜蜜，想给妹妹，想给侄儿，又想给相好的寡妇和那两个总是吃不饱的孩子。所以，他把那带蜜的蜂巢藏了两天，也不知道该拿出来给谁。

　　但这一回，他知道自己说了不该说的话。他想让胆巴迅速忘掉自己说过的话，只好拿出了蜂蜜，找出了家里的酒。他不喝酒，家里是斯炯有时会喝上几口。他把蜂蜜挤到碗中，又调上了酒。胆巴很快就被蜜里的酒醉倒了。

　　法海想，等胆巴醒来，肯定就会忘记他说过的话了。

斯炯进了家门，便闻到酒香和蜂蜜香，她盯着法海，你这个和尚，怎么喝酒了。

法海摇摇头，眼睛却看着酣睡的胆巴。

斯炯便摇晃着撕扯着哥哥的身体，你哪里像个和尚啊！

十多年后，1982年，法海又回到了重建的宝胜寺当起了和尚。

胆巴从州里的财贸学校毕业，当了县商业局的会计。每次买了酒，买了糖果回家看妈妈，斯炯留下酒，让胆巴带上糖，去庙里看看你舅舅吧。

胆巴就去庙里看舅舅。

舅舅吃了糖，甜蜜得眼睛眯成一条缝。那时，大殿里正在诵经，鼓声咚咚，众多喇嘛的诵经声汇成一片，在那些赭红墙壁的建筑间回荡。胆巴问舅舅怎么不去参加法事。

法海用头碰碰小佛龛里的佛像，我老了，修不成个什么了。

法海其实就是在庙宇旁自己盖了两间房子，一日三餐之外，随着寺院的节奏，诵经礼佛而已。他自己都不知道自己究竟算不算寺里的正式喇嘛。不过，他的小屋洁净而光亮。他赤着脚在擦得干干净净的地板上走来走去。胆巴拿出了一本沉重的书，那是一本碑帖的拓片汇编。胆巴把沉甸甸的书打开了给舅舅看，你给我起的名字真的写在这书里呢。

然后，他把碑文用汉文一字一字念给舅舅听，师所生之地曰突甘斯旦麻，童子出家，事圣师绰理哲哇为弟子，受名胆巴。梵言胆巴，华言微妙。

舅舅就俯身下去，用碰触佛像的姿势碰触碑文。

这时，屋子里光线一暗，是寺里胖活佛和他的随从的身子堵在门口，遮断了光线。

法海赶紧起身，又用额头去碰活佛的身体。

活佛进来了，气喘吁吁地坐下，对胆巴一欠身子，官家的人来了，贫僧有失远迎啊。

胆巴笑了，舅舅替我起的名字，这个名字，七百年前就写在元朝的碑文上了，是那时帝师的名字啊！

活佛并不懂得历史学，也不懂得崇奉藏传佛教的元代宫廷中的事情，也不识得汉字，但还是对着摊在地板上的书赞叹，功德殊胜，功德殊胜啊！然后，活佛转眼示意随从开口说话。

那侍从躬躬身子，活佛请施主参观一下寺院。

胆巴心想，转眼之间，自己的称谓已从官家变成施主了。寺院的建筑都是这三四年间新修的。大殿、护法神殿、活佛寝宫、时轮金刚学院。以前的医学院和上密院还是一片废墟。参观完毕，活佛回去休息。侍从送胆巴回法海房里。胆巴说，你们一定有什么事情吧。

活佛的侍从说出了要求，希望帮寺院解决一些橡胶水管，把山泉水引到寺院里来。再建一个水泥的池子，就不用和尚们天天上山取水了。

胆巴听了，心里为难，但他没说商业局并不管橡胶水管。他只说，那我试试看能不能帮到你们。

那时，县里的各种机构已经很多了，商业局管很多东西，恰恰橡胶水管是生产资料，由物资局管，由水电局农业局管。这让胆巴这个刚刚工作不久的商业局会计就作了难。一拖两月，事情还没有眉目，让他寝食难安。

事有凑巧，一天，单位里突然骚动起来，人人都很激动，说县委县政府派了人来考察年轻干部。县里其实就来了三个人，组织部长、办公室主任和工会主席。他们占了局长办公室，一个个找人谈话。胆巴也接到通知，呆在办公室，哪里都不要去，等人来叫。从早上到中午，到下午下班，好多人都去谈过话了，却还没有人来叫他。他是晚上九点才走进局长办公室的。

别人怎么谈的，他不知道。他的谈话完全是闲聊。

主谈的是办公室主任，他把一个卷宗摊开在膝盖上，第一句话就是，你是机村的人？

是。

你叫胆巴？

我叫胆巴。

你知道吗？通常胆巴这个名字，都写成旦巴，元旦的旦，而不是胆子的胆。

是，跟我一样名字的人都写元旦的旦。

你知道这是为什么？

我不知道，我阿妈斯炯说，是那时的工作组长让这么写的。

这个写法有来历，元代时就这么写了，元代有一个喇嘛帝师也叫这个名字你知道吗？

我知道，我专门请县文化馆的老师帮我弄了一本胆巴碑帖。

年轻人不错，学财贸的，还能读碑帖。然后，侧身问组织部长和工会主席，两位还有什么话要问吗？

两位说，刘主任你是主谈，你说。

刘主任有点激动了，他说，胆巴呀，我就是那个把你名字写成这样的工作组长。你不认识我了。

胆巴却不知怎么就语塞，不知道怎么回应这句话。

工会主席见了，说，胆巴呀，还不谢谢刘主任，名字别具一格，人也要别具一格呀！中央精神，干部要知识化年轻化，自己要有进步的心啊！

胆巴还是语塞，我听阿妈和舅舅说过工作组的事，但那时我还小，记不得了。

刘主任感叹，你那舅舅可把你阿妈斯炯害苦了。他合上卷宗，站起来拍拍胆巴的肩膀，不要紧张，有什么事情来县委找我。他还把胆巴送到走廊里，什么时候回村里，问候你阿妈斯炯。记得给我带些蘑菇来，你阿妈是机村最知道蘑菇长在哪里的人！

刘主任又把手放在胆巴肩膀上，记得有事来找我！

不几天，局里就传开消息，胆巴要提升为商业局副局长。

听了这消息，胆巴就觉得该去看望一下在机村呆过的刘主任。他先回了村子。把遇到以前工作组刘组长的事说给阿妈斯炯听。

阿妈斯炯时常神情迷离。这时又显得目光游移，沉默半晌，说，这个人还记得我们山里的蘑菇味啊。

胆巴说，他要我送些蘑菇给他。

胆巴没有说自己可能会被提升副局长的传言，只说舅舅挂单的宝胜寺让他弄橡皮水管的事，说为这件事情得去求这位刘主任帮忙。

阿妈斯炯又一次眼神迷离，你舅舅，你舅舅。

胆巴早早睡了，他要起个早，把该男人干的事情都帮阿妈干了。天刚亮，他就起来，先修理了有些歪斜的院门，又把一堆柴火劈了。这时，满院子都是栎木样子的香气。这时，阿妈斯炯从院外进来，露水打

湿了靴子和袍子的下摆。她一早上山，采来了新鲜蘑菇。

一朵一朵的蘑菇上沾着新鲜的泥土、苔藓和栎树残缺的枯叶，正好在新劈开的木柴堆上一一晾开，它们散发出的香气和栎木香混在一起，满溢在整个院子。母子俩吃完早餐，蘑菇上的水汽也晾干了。

阿妈斯炯对儿子说，我还是愿意你自己吃了这些蘑菇。

阿妈，这个刘主任真的特别关心我。

阿妈斯炯想对儿子说，这个人也曾经特别关心过你阿妈，但话到嘴边，她没说出来。这么美好的一个早上，天空湛蓝，河水碧绿，儿子又要出门，她不想说那些令人不高兴的话。于是，阿妈斯炯说，好吧，我的蘑菇圈里有采不尽的蘑菇。要有你的朋友喜欢，就回来告诉我吧。

阿妈斯炯还告诉胆巴，蘑菇圈里的蘑菇越长越漂亮了。

不会吧，村里人都上山采蘑菇，没听谁说，他们的蘑菇越来越漂亮了。

阿妈斯炯说，他们没有自己的蘑菇圈。他们上山只是碰见蘑菇，而从不记住，是哪一块地方给了他们蘑菇。

胆巴把这些蘑菇送到刘主任家去，他没想到刘主任会激动，而且激动到如此程度。

蘑菇整整齐齐地装在柳条篮子里，一朵朵躺在柔软干燥的松萝里。

刘主任涨红了脸，瞧，装一只篮子都这么上心，这么漂亮，你的阿妈斯炯可不是一般的乡下老太婆！

胆巴不知如何回应，只好沉默不语。

刘主任伸手，一一抚摸那一朵朵蘑菇，哦，哦，它们的样子都跟当年一模一样啊！

然后，刘主任提着这篮蘑菇亲自下了厨房。留他一个人在客厅里喝茶。那时的胆巴，还是一个没有父亲的乡下孩子的禀赋，怀着自卑，紧张不安，捧着茶杯，不知怎么和这家的女主人以及和自己年纪相当的这家人的漂亮女儿说话。

女主人说，和老刘谈恋爱的时候，我去过你的老家。

他终于没有说出一句得体的话。他想了几句话，自己都觉得那是不得体的，他知道，一定有句得体的话，但这话就是不肯来到他的嘴边。

这时，厨房里传来热油的嗞嗞声，飘出来蘑菇受热后的变化了的香味。女主人说，是个老实的娃娃。

他们家的女儿是知道自己是干部子女，知道自己是城里人的那种高傲的女孩。她几乎不用正眼看他。

她对她妈妈说，老爹着了什么魔啊，就为了几朵蘑菇！

她妈妈制止她，丹雅！女主人又转头对胆巴说，还是你这样的吃过苦的孩子懂事。这句话让胆巴更局促不安了。这时，女主人让他帮助把折叠桌摆放起来。这简直就是对他的赦免。胆巴手脚利索地把折叠桌打开，摆上桌面，又依次打开四只折叠椅。

刘主任炒好的菜上桌了。三个菜有两个是蘑菇。一个蘑菇炒鸡肉片，一个生煎蘑菇片。刘主任自己先伸筷子，品尝后又赞叹。吃完饭，主任把他叫进书房。里面的确有很多的书。他先取了碑帖来，给胆巴看。说，你的名字就在这上面，你的名字可是有来历的！

他要胆巴自己把胆巴两个字找出来。胆巴很快就找出来了。

刘主任有些吃惊，我不知道你也懂书法。

胆巴老实告诉，自己并不懂书法，但他听过刘主任给自己取名字的故事。所以，专门找了胆巴碑帖，找到了自己的名字。他又说，我还知道阿妈斯炯的炯也是主任当年选的字，而没有用别人常用的穹或琼。

刘主任看着他，很动情的样子，说，有心就好，有心就好。我老了，要退休了，你年轻，只要有心，会有出息的。他把骄傲的女儿叫进来，说，丹雅比你小两岁，不懂事，不努力，不晓得珍惜自己的福气，以后，你要多多照顾她！

胆巴说，我哪能照顾她。

刘主任告诉他，明天，组织部就下文了，你就是县商业局的副局长了。

靠在门口的丹雅就噘嘴说，看看，送几朵蘑菇，就当副局长了。

刘主任说，这事前天县委就过了，今天他才送蘑菇，这有什么关系吗？

胆巴有话，想等丹雅退出去才对刘主任说，但她就靠在门上，用背顶着门摇晃身子，就不出去。

刘主任说，有话就说吧。

胆巴说，舅舅在的那个庙，想要些橡胶管子，把水引进寺院……

刘主任打断了他的话，你舅舅，你那个舅舅，要不是他，你阿妈斯炯也是一个体体面面的国家干部！

胆巴低下头，阿妈斯炯不怪舅舅。

好人，好人哪，谁都不怪！好人哪！回家告诉你阿妈斯炯，我一定会照顾好你！

果然，不几天，胆巴的副局长任命就下来了。是组织部长在全局职工会上宣布的。第二天，胆巴就搬了办公室，就在局长的隔壁。一个月后，他就知道这个副局长该怎么当了。两个月后，他就捎信给舅舅，让他们来县城拉橡胶管子。春节回家时，他当副局长已经四个多月了。已经不怕跟人说话，有点当官的样子了。

陪阿妈斯炯去宝胜寺看舅舅时，活佛陪着他看架好的橡胶管子如何引来了山上的泉水。舅舅就从大殿旁的水池边直接从橡胶管中接来水给他烧茶。舅舅对阿妈斯炯说，到底啊，到底啊，我们家是要出干部的。我耽误了你，可胆巴真出息了。舅舅又说，想必是那个刘组长真为他的名字挑了好字吧。

阿妈斯炯冷着脸说，我名字的字也是他挑的。

胆巴就提醒舅舅，水开了，还不下茶叶啊。

胆巴没有告诉舅舅和阿妈斯炯，这水管是他用了局里的自行车和电视机指标换来的。

那几年的商业局不是后来市场放开后的景象。什么东西有指标是一个价，没有指标是一个价钱。因为商业局管着这些紧俏商品的指标，胆巴在这县城中就成了一个人物。可以说是一个没有人不知道的人物。

当局长没两年，当初上刘主任家时对他不理不睬的丹雅也常常主动来找他了。而且，还叫他胆巴哥哥。

这时的胆巴不再是那个笨嘴拙舌的乡下孩子了。他说，我怎么当得起让你叫哥哥，不敢当，不敢当啊。

丹雅说，可是老爹让我叫的，你该不会不听他老人家的话了吧。

胆巴说，这么说来，就只好任你叫了，叫吧。你有什么吩咐？

我要买两台电视机。

两台？你一双眼睛要看两台电视？

我要出去旅游。

旅游？那时旅游在这个县城里还是一个很新鲜的词汇。

我从来没有看过大海，我想去看大海。

我也没有看过。

那你就弄四台，我卖了指标，我们一起去看海！

我跟你？不行，我们又没有谈恋爱。

你想跟我谈吗？

胆巴又露出了乡下老实孩子的狗尾巴，低下头摆弄办公桌上的报表，不吭声了。

我不好看吗？

好看。

你不喜欢好看的女青年吗？

你是个不务正业的女青年。

好吧，那就还是只要两台电视机吧。

胆巴就只好写条子给丹雅两台电视机。

丹雅就和她的男朋友坐了一天长途汽车去省城，又坐了两天两夜火车去海边。那一趟旅游回来，丹雅在这个小县城里的名声就毁了。她上班的防疫站收到铁路公安通报，她和一起去海边的漂亮男朋友在火车上干了那种事情。这个消息像火焰一样飞快奔窜，使这个沉闷小城的人们兴奋起来。那种事情！而且是在火车上！怎不叫人两眼放光！而且，出了这个事，丹雅的那个男青年就消失不见了。他当官的父亲下文将他调到省城去了。人们说，那个花花公子和丹雅是在文化宫的舞会上认识的。舞会上！才只见了两面！就一起坐火车了，在火车上干下丑事了！

　　那时候的胆巴和身边很多人一样，还没有见到过真正的火车。

　　那时，电影院里正好在放映关于火车的电影《卡桑德拉大桥》。电影院里也有漂亮男女在行进的火车上亲热的画面。胆巴在电影院看得热血贲张，人生中第一次，他被强烈的情欲控制住了。他闭上眼睛，想象着丹雅斜靠在他办公室门前说话的样子，不能自已。

　　自此以后，胆巴总是夜里折腾自己的身体，又因为在县城附近抓蔬菜基地建设，整天在地头作说服农民的工作，他竟日渐消瘦了。

刘主任也消瘦了。他见了胆巴便唏嘘不已。我瘦是因为丹雅，你瘦是工作太辛苦了吗？

胆巴鼓起勇气，我也是因为丹雅。

刘主任脸上露出了惊骇的表情，但他迅即镇静下来，你这个人啊，你不知道她有男朋友吗？不然她也不会在……

我知道。

刘主任脸上显露出痛苦的神情，她名声不好，和她来往，对你的政治前途不利。

不几天，刘主任叫他去家里吃晚饭。丹雅不在家。饭桌上多了一个女青年。女青年是个很持重的小学老师。胆巴明白，这是刘主任在给他介绍对象。这姑娘眉眼也端正，就是没有丹雅那种魅惑的味道。饭后，胆巴和那位女老师沿着河堤散了两公里步，但他在夜里折腾自己身体时，还是魅惑万千的丹雅浮现在天花板上。

一个星期天，他回家去看望阿妈斯炯，路上，遇到防疫站设的一个关卡。邻近的草原畜群中爆发了口蹄疫，防疫站的人穿着白大褂背着喷雾器给过往车辆消毒。胆巴坐在吉普车里，一眼就从那些穿白大褂，戴大口罩的人中认出了丹雅。他一眼就看出，她也瘦了。他屏住呼吸，看着丹雅来到了他的车前，围着车子喷洒药液。他看见了她口罩上方和帽子下方那道缝隙露出的那双眼睛忧郁而空洞。他摇下车窗，哑声说，丹雅。

丹雅眼睛里的光聚集起来，认出了他。

胆巴清了清嗓子，丹雅，你瘦了。

丹雅眼里露出骄傲而倔强的神情，没有说话。

司机发动了吉普车，胆巴说，我对刘主任说了。

他恨我不争气。

我对他说，我爱上你了。

丹雅被震住了，站在原地表情漠然。

胆巴又重复了一次，我对你爸爸说，我爱上你了。

车开动了。他看到丹雅眼里泛起了泪光。他对丹雅摇手，来看我吧。他没想到的是，当天下午，他正在家里修理院门，一边跟阿妈斯炯说话，丹雅就出现了。

阿妈斯炯拉住丹雅的手，说，我好像三辈子前就见过你了。

胆巴脱下手套，对丹雅说，进家里喝点热茶吧。

丹雅的身子软软地靠在了胆巴身上。阿妈斯炯手忙脚乱，往茶里添了太多的奶。胆巴就对阿妈斯炯说，也许丹雅想尝点新鲜蘑菇呢。

阿妈斯炯便提上柳条筐上山去了。

屋子里静下来，火塘里劈柴上的火苗发出微风吹拂一样的声音。丹雅把头靠在了胆巴的肩上。胆巴一动不动，仿佛天地间有一种巨大的重量全然落下来，把他整个人罩住，使他动弹不得。使他不能抚摸，也不能亲吻身边这个美丽的女青年。

然后，丹雅开始哭泣。

胆巴依然一动不动。

丹雅开始说话，你知道那件事情了？

胆巴点点头。

一回来，全部人都讨厌我，全部人都躲着我。

胆巴想说，我没有躲着你，但他的嘴唇被自己突然变得黏稠的唾沫给粘住了。

你说，我碍着别人什么了。丹雅坐直了身子，她的愤怒开始喷发，我自己的身体，我自己的情感，碍着别人什么了?!

丹雅说到身体的时候，胆巴的身体也开始燃烧起来，他把丹雅揽进怀里，紧紧拥抱。开始丹雅也回应给他热烈的拥抱，但当他的手伸向她胸口的时候，丹雅坚决地推开了他，正色说，你以为我是个可以随便的人吗?

胆巴说，我爱你。

说说你怎么爱我的。

胆巴是老实人，他说，看电影的时候我就爱上你了。我天天晚上都想你。

电影，有火车的电影?《卡桑德拉大桥》?

胆巴点头。

一个耳光落在了他的脸上，你怎么想象的? 在火车上，脱掉我的裤子，还是撩起我的裙子?

胆巴捂住脸，是，我每天晚上都想跟你做爱，在火车上，在飞机上，在船上。要知道，那时候的胆巴除了在电影里，还没有真正见到过这三种交通工具。他说，是你的事情让我情不自禁地这么想。

丹雅流着泪冲出了房子，往村外去了。胆巴想追，紧走几步，怕村里人笑话自己，只好吩咐司机追上她，送她回县城。

阿妈斯炯采了蘑菇回来，却不见了客人，我以为你有女人了，带回来给阿妈看看。

胆巴突然觉得很悲伤，我爱她，她看不上我。

阿妈斯炯用新鲜酥油在平底锅里煎蘑菇片给他吃，满屋子满口都是山野中草与树与泥土复杂的芳香。

那时，胆巴一个月挣七十多块钱，每次回家，他都拿个十元二十元给阿妈斯炯。阿妈斯炯告诉他，这些蘑菇拿到六公里外的汽车站上，有些旅客愿意买上两斤三斤。每斤能卖五毛钱。阿妈斯炯说，你不用给我钱了，告诉你吧，我已经有了三个蘑菇圈，今年已经卖了一百多块钱了。

照例，他又带了一柳条篮子的蘑菇给刘主任家。他一进门，丹雅就起身，回到自己房中，砰一声把门关上。刘主任坚持要他去请前次那个女青年来家里吃饭，胆巴推说有大堆财务报表要审，借故离开了。刘主任又急急追到楼下，告诉他，那个小学老师回了话，愿意跟他继续接触。

胆巴对刘主任说，我已经爱上别的人了。

刘主任问，谁？

胆巴说，你的女儿丹雅。

刘主任脸色发白，定在那里，像被雷电击中了一般，你怎么可以？怎么可以……

胆巴想，如此栽培自己的刘主任原来心里瞧不上自己。走在路上，他想，自己再也不会登这一家人的门了。但到了晚上，他青春的身体燃烧起欲望时，那个在黑暗中飘在天花板上的风情万种的形象仍然是丹雅。

有事没事，胆巴都故意在丹雅单位附近的街道上出没，偶尔碰见，丹雅依然对他视而不见。丹雅对他不理不睬。但他依然不能自已，对着那个被周围人刻意孤立的身影充满同情与欲望。

再后来，丹雅身边出现了一个新的漂亮男青年，胆巴心痛一阵，便慢慢恢复了平静。他还是偶尔送点蘑菇给刘主任，但不再去他们家里了。

第二年，阿妈斯炯的蘑菇在那个汽车站卖了两百多元。阿妈斯炯进城来。晚上，阿妈斯炯睡在儿子床上。胆巴睡在钢丝床上。阿妈斯炯说，等到存够一千块钱的时候，她就把钱给他结婚用。胆巴心里算了算，笑着说，那我还得等上三四年啊！

阿妈斯炯也笑，说，我看你自己也不着急嘛。

胆巴没有告诉阿妈斯炯，这段时间，他操心的事情是能不能当上商业局长。他说，我不着急，我等阿妈存够一千块钱。他还告诉阿妈斯炯，下次送蘑菇来，得是三只柳条篮子。

阿妈斯炯心疼了，那我一年要少存几十块钱了。

阿妈斯炯又把这话转述给法海老和尚听。法海老和尚劝妹妹，侄儿是干大事的人，你心疼几篮子蘑菇干什么？！因为胆巴又帮寺院批了几公斤金粉给寺庙大殿的黄铜顶镀金，又弄了十几公斤白银指标打造舍利塔，法海在庙里的地位大大提高，早年的一个熬茶和尚，差不多是非正式的厨房总管了。长得也有点脑满肠肥的意思了。

阿妈斯炯两年里送了几篮子蘑菇，胆巴就当上了商业局长。

　　毫无预兆，蘑菇值大钱的时代，人们为蘑菇疯狂的时代就到来了。

　　不是所有蘑菇都值钱了。而是阿妈斯炯蘑菇圈里长出的那种蘑菇。它们有了一个新名字，松茸。当其他不值钱的蘑菇都还笼统叫做蘑菇的时候，叫做松茸的这种蘑菇一下子就值了大钱。去年，阿妈斯炯在离村子六公里的汽车站上还只卖五毛钱一斤。这一年，一公斤松茸的价钱一下子就上涨到了三四十块。

　　阿妈斯炯说，佛祖在上，那是多少个五毛钱呀！

　　胆巴说，是六十个到八十个五毛钱！

　　阿妈斯炯冷静下来，没有那么多。是三十到四十个五毛钱！公斤，公斤，你晓得吗？一公斤是两个一斤。

　　是的，公斤这个新的度量衡单位是随着松茸这种蘑菇的新名字一起降临的。出松茸的季节，在机村一带的山里，随海拔高度的不同，有些地方是在夏天的末尾，有些地方是在秋天的开始。让人感到奇怪的是，那些收购蘑菇的商人，他们并没有见过长在山里的松茸，却总是准时出现在每个刚刚长出头一茬松茸的地方。他们开着皮卡车，来到一个村子，打开后车门，推出一台秤来，生意就开张了。那秤不是提在手里滑动秤砣在杆上数星星的杆秤，而是台秤。台秤像是一架真正的仪器。机器的轮廓，钢铁的质感，亮闪闪的表面，称出来的东西的重量都以公斤计算。阿妈斯炯发现，这些商人算账不用算盘，他们用电子计算器。只要按动那些标上了数字与符号的小小按键，一些数字便幽灵一样，在浅灰色的屏幕上跳荡。

一切真是前所未有啊！

三十二朵蘑菇就卖了四百多块钱！

阿妈斯炯真是眉开眼笑。那天，她就坐在村头核桃树的阴凉下，守着商人的摊子，看倾巢出动的山里人奔向山林，去寻找那种得了新名字叫做松茸的蘑菇。阿妈斯炯是一早上山的，现在太阳升起来，慢慢晒干了她被晨间露水打湿的长袍的下摆。脱在一边的靴子也晒干了。这时，有人陆续从山上下来。有人是一二十朵，更多是三朵五朵。

松茸商人就问阿妈斯炯为什么独独是她的蘑菇又多又好。

阿妈斯炯还没张口，就有村里人争着回答，工作组早就教他认识这些蘑菇了！

马上有人出来辩驳，不对，是跳河的吴掌柜！

还有人喊，他儿子是商业局长。

阿妈斯炯就笑了起来。她听得出来，这些话里暗含着些嫉妒的意思。阿妈斯炯心里涌起她与蘑菇的种种故事，心里一时五味杂陈，但她还是喜欢的，喜欢以这样的方式受到众人关注。

这时，一片乌云瞬间就布满了天空，虽然夏天已到了尾声，但还是继续要带来雷阵雨，她站起身来，拍拍袍子上的草屑准备回家，但她刚走出几步，随着隆隆的雷声，硕大的雨滴就噼里啪啦砸了下来。阿妈斯炯又跑回到核桃树下。满世界都是雨声，都是雨水和尘土混合的味道。起初这味道有些呛人，但很快，尘土味便消失了，雨水中混合的是整片土地，所有石头，所有草木被激发出来的清新浓郁的味道了。

阿妈斯炯兴奋得两眼放光，因为聚在树下躲雨的人群中，只有她一个人知道，在山上，栎树林中和栎树林边，那些吸饱了雨水的肥沃森林黑土下，蘑菇们在蘑菇圈开始嗞嗞有声地欢快生长。这不是想象，阿妈斯炯曾经在雨中的森林里，在她的蘑菇圈中亲眼见识过蘑菇破土而出的情景。夏天，雷阵雨来得猛去得也快。雨脚还没有收尽，蘑菇们就开始破土而出了。这里一只，那里一只，真是争先恐后啊！

　　雨慢慢停了，太阳复又破空而出，村庄上空出现了一弯鲜明的彩虹。人们开始四散开去。

　　那个蘑菇商人来到阿妈斯炯跟前，问她，大妈，他们说的事情是真的吗？

　　阿妈斯炯说，没有人叫我大妈，他们都叫我阿妈斯炯。

　　那么，阿妈斯炯，他们说的事是真的吗？

　　阿妈斯炯笑了，你问他们说的哪一件事？

　　他们说你的儿子是商业局长。

　　阿妈斯炯却说，这时山上又长出了好多蘑菇呢！

　　不会吧，百十号人刚把林子扫荡了一遍。

阿妈斯炯说，那你在这等着我。

说完，阿妈斯炯真的又上山去了。

那个商人抽了一根烟，在这个不大的村子走了一圈，回来坐在车里小睡一会儿，再抽一支烟，又在这个村子里转了一圈。回来，见又被露水湿了衣裳和靴子的阿妈斯炯已站在皮卡车跟前了。

这一回，阿妈斯炯带回来五十三朵蘑菇。其中四十八朵是她从最早的蘑菇圈和后来相继发现的三个蘑菇圈里采来的，剩下几朵则是偶然的零星的遇见。遇见零星的那几朵时，阿妈斯炯还嘀咕来着，你们怎么像是没有家的孩子呢，可怜见的！

看着那些可爱的菌盖紧致、菌柄修长的新蘑菇，那个商人想起了一个成语，雨后春笋，他说，嚯，雨后松茸！

阿妈斯炯当然不知道这个成语，她只说，这会儿，山上又长出好大一群了。

这时已是夕阳衔山时分，雨后色彩鲜艳的森林影调开始变得深沉，松茸商人说，可惜他不能再等了。现在，他要连夜驱车五百公里到省城，明天早上，这些松茸就会坐最早的一班飞机飞到北京，再转飞日本，到明天这个时候，这些蘑菇就出现在东京的餐桌上了。

商人说，在那里考究的晚餐桌上，每人也就吃到两片松茸，一片生吃，一片漂在汤里。商人说，要是日本人不吃，这东西哪里会值到这样的价钱。

围观的机村人就都说日本日本。也有人埋怨，这些日本人为什么不早点吃这东西？

商人便讲了一大通道理。他说了改革开放。说了信息交流。还说了交通建设。他说，要是没有好的公路，没有飞机，不能二十四小时内把松茸送上异国的餐桌，日本人钱再多，也没有这个口福。超过二十四小时，娇嫩的松茸就失去了鲜脆的口感，时间再长一点，它们就烂在路上了。

那一年，机村以及周围的村庄，都因为松茸而疯狂了。

早上，天刚破晓，启明星刚刚升上东方天际，最早醒来的鸟刚刚开始在巢中啼叫，人们就已经起身去往林中，寻找松茸了。不到一个月，林中就已蹚出了一条条小道。阿妈斯炯不会凑这个热闹，她也不用天天上山。她只是在人们都下山了，才起身上山。看到人们在林中踩出一条条小路，她就有些心痛，因为那些踩得板结的地方，再也不会长出蘑菇来了。蘑菇不是植物，不会开花，不会结出种子。但在她想象中，蘑菇也是有某种人看不见的种子的，以人眼看不见的方式四处飘荡，那些枯枝败叶下的松软的森林黑土，正是这些种子落地生根的地方。

阿妈斯炯继续往城里送蘑菇。还是在柳条篮子中铺了松软的跟蘑菇散发着差不多是同样气味的苔藓。一朵朵菌柄修长的松茸整齐地排列。阿妈斯炯对胆巴提出一个问题，松茸的种子是什么样子呢？

胆巴无从回答这个问题。

胆巴说他会去图书馆查找资料，肯定会从书上得到答案。

下个星期，阿妈斯炯再去县城送蘑菇，胆巴告诉她，蘑菇都是有种子的，只是蘑菇的种子不叫做种子，而叫孢子。

孢子是个什么鬼东西？

胆巴打开总是揣在身上的会议记录本，上面有他从图书馆抄来的关于孢子的定义，孢子，就是脱离亲本后能直接或间接发育成新个体的生殖细胞。

阿妈斯炯叹息，胆巴，你现在说的都是我不懂的话。

胆巴合上本子，老实说，这些科学我也不太懂。

阿妈斯炯自己作了总结，反正就是说，蘑菇是有种子的，不然，它们怎么一茬又一茬从地里长出来呢？

说话时，胆巴把篮子里的蘑菇分成了四份，分装在四个塑料泡沫模压的盒子里。他要将这些蘑菇分送给四个人家，即将退休的刘主任、县委书记、县长、组织部长。阿妈斯炯有些不高兴了，你要送给些什么人我不管，但你不尝一点阿妈斯炯亲手采来的蘑菇吗？

胆巴说，我不操心我没有新鲜蘑菇吃，阿妈斯炯现在有了一个新名字了？

嚯，那个老太婆她有新名字了？

她有一个越来越多人知道的新名字了，这个名字叫做蘑菇圈大妈。他们说，别的人找到的，都是迷路的孩子，蘑菇圈大妈找到的才是开会的蘑菇。

阿妈斯炯就拍着腿笑了，开会的蘑菇！说得好！如今不像当年，村长招呼开会，再也聚不起那么多人了。

晚上，阿妈斯炯睡在儿子的大床上，路灯光透过窗帘的缝隙落在枕边，她还在想，开会的蘑菇。

胆巴送了那些蘑菇回来了，在阿妈床边打开钢丝床睡下来，阿妈斯炯禁不住笑出声来。

胆巴问她为什么还没有睡着。

阿妈斯炯干脆大笑起来，开会的蘑菇！

第二天早晨，胆巴送阿妈斯炯到汽车站，迎面碰见了舅舅法海和尚。法海舅舅老了，躬腰驼背，步履蹒跚，看见妹妹和侄儿却满脸放光。

胆巴赶紧把舅舅和跟着他的寺院管家请到街边店里吃早餐。早餐是这个县城的标配，一份牛杂汤，一屉牛肉芹菜馅的包子。每次，舅舅和寺院管家一起出现，就是来提要求，要他帮忙办事。他说，有什么事，说了我还要开会。管家却不着急，掏出一方毛巾擦去和尚头上的汗水，庙里的喇嘛们都常常为您这位大施主祈福呢。

胆巴说，我算什么施主，没有上过一份香火钱。

管家就把这些年他帮过的忙细数一遍，这才是有大功德的施主啊！

胆巴说，你们找到我，不帮也不行啊！

管家便示意法海和尚说话。

法海舅舅便两眼放光，我侄儿有本事，我脸上有光，有光啊！说着，他脸上也放起光来了。

胆巴开口道，就说这回是什么事吧。

管家说，这回是政府鼓励的事，我们要保护寺院四周的山林。胆巴知道，这些年，内地开放了木材市场，收购木材的游商游走山里，村民们便提斧上山，把过去森林工业局大规模采伐后的有用之材再清理一遍。盗伐的情形一年重于一年。管家说，寺院愿意组织僧人，保护寺院四周的山林，想要求得政府的支持。

胆巴笑了，说，这真是好事，便带了两个穿袈裟的老者去见林业局长。

局长听了管家的想法，立即表示支持，当即叫了办公室主任和一位科长来，命他们立即起草一份文件，宝胜寺后山、前山均划为封山育林保护区，宝胜寺僧人组成的巡山队有权将盗伐林木者扭送公安机关。

林业局长说，和尚喇嘛愿意保护自然生态，这是新生事物，我支持新生事物。两个和尚得了文件欢喜而去。

林业局长这才对胆巴说，封山育林的牌子一插，那两座山上的松茸就全归了寺庙，老百姓就不敢染指了。

胆巴说，我怎么没想到这一处来！

林业局长说，我都五十多岁了，看人看事，见不光明处就多了，你年轻，大有前途，有时候，把人事看得简单些反倒是好的。

过些日子，舅舅法海生了病，胆巴便去庙里看望。

真实的想法，是要看看寺院如何封山。寺院真的在这为松茸而激越的季节封了山。他们不但插上了林业局发放的封山育林的牌子，还把年轻体壮的僧侣组成了巡山队，每人一截长棍，把守住每一条上山的小径。除了寺院附近的村民，不准上山。而且，这些村民采来的松茸，都统一销售给寺院，再由寺院转售给松茸游商。寺院在村民那里压价两成，又在出售时加价一成，靠他帮忙得来的封山令又多了一个生财之道。

所以，寺院专门派了细心的小喇嘛侍奉法海和尚这个地位低下的熬茶和尚。

这些年交往下来，胆巴跟寺院的活佛说话已经很随便了。这天，见了活佛他就说，活佛你可以当董事长了。

活佛不以为忤，几百号人呢，没有管理不行，管理不好也不行，没有生财的办法不行，生财的办法少了还是不行。

胆巴不得不承认，这倒也是实话。

活佛收敛了脸上的笑容，我还有一句实话，你舅舅怕是过不了这个冬天了。

胆巴沉默，一时想不起来该说什么样的话。

活佛说，我要加派一个和尚去侍候他。

胆巴说，我还是接他去医院吧。

活佛道，命数已定，又何必到医院延宕时日呢。

回到家，胆巴把活佛的话转述给阿妈斯炯。阿妈斯炯深深叹息，那些年月，我本指望家里靠他这个男人来撑着，可他却反要我来照顾。洛卓。阿妈斯炯说，洛卓。你舅舅就是我的洛卓。洛卓这个词，翻成汉语就是宿债。这是按佛教的观点。按佛教的观点，阿妈斯炯这个妹妹和法海哥哥这样的关系，就是因为她的前世欠下了法海前世的债务。这笔债务可能是金钱的，更可能是道德的或情感的。

阿妈斯炯在佛前添了一盏灯，湿了一回眼睛，便平静下来了。

她用额头贴着胆巴的额头，胆巴，我跟你没有洛卓，不然不会让我这么省心。可是，你还欠我的。

胆巴紧贴着阿妈斯炯的额头，我不忍心你一个人住在乡下，搬进城里来和儿子一起吧。

我不能抛下那些蘑菇圈，现在它们那么值钱！阿妈斯炯笑了，再说了，你那么小的房子，要是来一个喜欢你的姑娘，我还能睡在你的床上吗？

这一年下第三场雪的时候，法海这个曾做了好多年机村牧羊人的熬茶和尚走完了他这一生的轮回。

胆巴是事后才得知这个消息的，那是春节回家的时候，阿妈斯炯才告诉他，舅舅已经走了。他走得安详又干净。

安详是指法海临终没有什么痛苦。干净是说，天葬时，他的躯壳都被神鹰打扫干净，作了最后的供养。

那天晚上，胆巴也在佛前给舅舅点了一盏灯。

阿妈斯炯突然发话，你舅舅那样一辈子有意思吗？

胆巴很吃惊，阿妈斯炯会问出这样的话。他说，对相信轮回的人是有意思的吧。

阿妈斯炯接下来的话把她自己也吓着了，要是没有轮回这件事呢？她赶紧说罪过，罪过，一定是魔鬼把我的舌头控制了。

胆巴笑起来，给阿妈斯炯斟一碗加了油和糖的青稞酒，来吧，阿妈。

阿妈斯炯喝下一口酒，突然间眉开眼笑，说，是啊，这就是这一世的人生的味道。

那时，屋子外面开始下雪了。冬天干燥的空气中立时就充满了滋润的干净的水的芬芳。雪还使在风中发出声音的树与草，与尘土都安静下来。

这是一个令人安定满意的新年。阿妈斯炯说，这才是人该有的新年，可她居然活到老了，才得到了这样一个新年。她愿意这个世界上的所有人，一直都有这样的新年。

可是，第二年的新年，整个村子都陷入到悲哀的气氛中。因为两个年轻人盗伐了一卡车林木，一个年轻人被警察抓住，一个年轻人开着载重卡车逃跑，最终撞上山崖而丢掉了性命。

第三年的新年，他们家来了一个躲债的年轻人。

这个年轻人不甘心只是把采来的松茸卖给那些收购松茸的商人，他自己收购松茸，结果在村里收了一车价值数万元的松茸却在路上遇到泥石流，结果这些松茸没有乘飞机到达日本，而是眼睁睁地烂在车里，变成了一堆爬满蛆虫的臭烘烘的烂泥。他那些松茸都是从村子里赊来的，这个晚上，村民们都上他家讨债，胆巴见状，便把他带回到自己家里。

第四年，胆巴当上了副县长，还有了女朋友，但他回到家却长吁短叹，因为让他分管的商业系统在新形势下已经难以为继。照道理，市场开放搞活，一直在商业局工作的人应该更会做生意才是，可是，这些人偏偏不会，几乎在所有的方面，都在和那些个体商户的竞争中败下阵来。最后，商业局下属的百货公司，都分成一个一个柜台分租给那些雄心勃勃的个体户了。

第五年新年，是阿妈斯炯不开心，因为她失去了一个蘑菇圈。松茸季节里，她被两个同村人跟踪了。每一次，他们都赶在她的前面采走了新生的松茸。后来，他们和村里的其他人一样，只要松茸商人一出现，就迫不及待地奔上山去，他们都等不及松茸自然生长了。他们采走了她的蘑菇使她心疼，更让她心疼的是，当他们等不及蘑菇自然生长时，便和村里其他人一样，提着六个铁齿的钉耙上山，扒开那些松软的腐殖土，使得那些还没有完全长成的蘑菇显露出来，阿妈斯炯赶上山去时，他们已经带着几十朵小蘑菇下山去了。新年的晚上，阿妈斯炯心疼地对胆巴说，人心成什么样了，人心都成什么样了呀！那些小蘑菇还像是个没有长成脑袋和四肢的胎儿呀！它们连菌柄和菌伞都没有分开，还只是一个混沌的小疙瘩呀！阿妈斯炯哭了，她说，记得吗？你说书上说蘑菇的种子叫孢子，我看到那些孢子了！

阿妈斯炯的确在栎树丛中看到了蘑菇圈被六齿钉

耙翻掘后的暴行现场，好些白色的菌丝——可以长成蘑菇的孢子的聚合体被从湿土下翻掘到地表，迅速枯萎，或者腐烂，那都是死亡，只是方式不同而已。枯萎的变成黑色被风吹走，腐烂的，变成几滴浊水，渗入泥土。那都是令人心寒与怖畏的人心变坏的直观画面。

那一年，胆巴心里萌生一个想法，在村子里成立一个松茸合作社。一来，集体议价，可以防止游商压级压价；二来，订立保护资源的乡规民约共同遵守。

县长和书记都支持他的想法。

县长说，你的老家机村盛产松茸，也是资源破坏严重的地方，就在那里搞个试点。

那一年，胆巴在五一节结了婚。

不是当年刘主任介绍的那一个姑娘。这个姑娘是胆巴自己在文化宫的舞会上认识的。姑娘的父亲就是县里的副县长。那次舞会上，那个姑娘说，我知道你就要成为我父亲的同事了。一次，他到县里开完这位副县长召集的协调会。散会时，他都走到门口了，副县长发话，胆巴局长请留一下。

副县长端详了他半天，说，我想问你一句不该问的话。

胆巴不言语，等他发话。

副县长说，听说你是一个私生子？

胆巴很平静，说，阿妈斯炯没有告诉过我父亲是谁。

副县长手指轻叩着桌面，说，美中不足，美中不足。好了，我告诉你吧，我家姑娘看上你了。

胆巴便想起了舞会上那个眼光明亮的姑娘。

副县长又说，好吧，你们可以交往交往，不过，你要记住，我们可是规矩人家！

他就开始了和副县长叫做娥玛的女儿的交往。娥玛是组织部的一般干部。第三次见面，就坦率地告诉胆巴，她父亲说，要么自己努力进步，要么找一个进步快的丈夫。她怀着柔情说，我是一个女人，我愿意选择后者。

胆巴很吃惊。吃惊于这个姑娘能将这功利的坦率与似水柔情如此奇妙地集于一身。交往日久，拥吻，缠绵，彼此探索身体时，娥玛对着他的耳朵呢喃，你说我能不能把你脑子里别的女人赶走。

胆巴说，已经只有你了。

娥玛吹气如兰，说，那么，那个你刘叔叔家的丹雅呢。

胆巴很吃惊，你怎么知道我想过她。

娥玛说，她那样的女人，没有女人的男人都想过她。

胆巴便继续向娥玛的身体进攻。到了最关键的环节，娥玛从床上起来，理好衣服，先生，这一步必须等到我确定你是我丈夫那一刻。

胆巴有些尴尬，也有些气恼，你守身如玉，却又这么懂得男人。

娥玛回答，你以为必须跟男人上床才能懂得男人吗？

松茸季将临之前，胆巴结婚了。

已经从县政协退休的刘主任来参加了简单的婚礼。丹雅也来了。刘主任端着酒杯，上来说的却不是祝贺的话，他说，我退休了，闲不住，也想弄弄松茸的生意，我是老机村了，就在机村搞个收购点。

胆巴知道，并不是他想做什么松茸生意，是想做这个生意的丹雅在背后怂恿。胆巴只好告诉他，县里马上要在机村搞个松茸合作社，这样有利于保护资源，并防止恶性竞争。

刘主任当然不高兴，说，你不必在这个时候如此答复我。

胆巴心里当然很过意不去。接下来，他在机村亲自抓的松茸合作社试点失败了。

村中老人对他说，合作社，我们都当过合作社的社员，小子，你还想让我们再饿肚子吗？回家问问你阿妈斯炯，她是怎么成为蘑菇圈大妈的吧。

胆巴还是坚持召集全体村民开了一个会，说明此合作社不是彼合作社。有人假装听懂了，说，好啊，阿妈斯炯的蘑菇圈里的松茸就是我们大家的了。全村平分松茸的钱。

阿妈斯炯可不客气，那你们偷砍树木的钱，做生意挣的大钱都要大家来平分了。

胆巴在村里呆了三天，一户一户地说服，也没有什么结果。

这件事情也就黄了。书记和县长都是老干部,见此情形并不为怪,好多事情不是我们想不到,而是确实做不成啊!胆巴这话也是为他们很多半途而废的事情开脱的吧。

胆巴在心里把合作社的事情放下了,带着新媳妇娥玛回家来。阿妈斯炯拿出一套花了将近十万块钱买来的珠宝送给儿媳。阿妈斯炯说,你要看好胆巴,他是个傻瓜,只不过是个善良的傻瓜。是的,是的,我也是个傻瓜,但也不会傻到把钱白分给大家。

娥玛换下一身短打,穿上藏装,戴上阿妈斯炯用松茸钱置办的红珊瑚与黄蜜蜡,脸上的喜气和珠宝相映生辉。

阿妈斯炯因此抹了眼泪,说,这座房子,从来没有这样亮堂过啊!

她温了加了酥油的青稞酒,悄声对娥玛说,就在这座房子里,就在今天晚上,你给我怀一个孙子吧。

那天晚上,临睡时,阿妈斯炯亲手给儿子和媳妇铺了床褥,自己却不睡觉,坐在院子里,身边放了一壶酒，在大月亮下摇晃着身子歌唱。半夜醒来，胆巴听见阿妈斯炯在院中歌唱，正要起身下床，却被娥玛缠住，阿妈可是给了我一个大任务。

胆巴复又倒在床上，老太婆跟你嘀咕什么来着。

老人家要我和你今晚给她造个孙子。

胆巴笑了，不是一直造着的吗？

那就再造一次吧。

那个晚上，他们给阿妈斯炯造孙子真是造得轰轰烈烈。

启明星刚刚升上天际，阿妈斯炯轻手轻脚上了楼，扒开了火，用陶罐煨了块上好的藏香猪肉，然后，上山去了。林子里飘着雾气，阿妈斯炯第三次停下来，倾听后面有没有脚步声，确信身后什么都没有时，她钻进了林子，这时，雾气散开不少，她看到蘑菇圈中已经新出土了十几朵蘑菇，但她并不急于采摘。

阿妈斯炯拂去一些栎树潮湿的枯叶，一块石头在她手下显现。她在这块石头上坐下来，她脸上洋溢着幸福的神情，用甜蜜的声音说，我不着急。她静静地坐下来，袍子的颜色接近栎树树干的颜色，也很接近林下地面的颜色。只有一张脸洋溢着特别的光彩。那光彩使得有轻雾飘荡的、光线黯淡的林中也明亮起来。

她坐下来，听见雾气凝聚成的露珠在树叶上汇聚，滴落。她听见身边某处，泥土在悄然开裂，那是地下的蘑菇在成长，在用力往上，用娇嫩的躯体顶开地表。那是奇妙的一刻。

几片叠在一起的枯叶渐渐分开，叶隙中间，露出了一朵松茸褐色中夹带着白色裂纹的尖顶，那只尖顶渐渐升高，像是下面埋伏有一个人，戴着头盔正在向外面探头探脑。就在一只鸟停止鸣叫，又一只鸟开始啼鸣的间隙，那朵松茸就升上了地面。如果依然比做一个人，那朵松茸的菌伞像一只头盔完全遮住了下面的脸，略微弯曲的菌柄则像是一个支撑起四处张望的脑袋的颈项。

就这样，一朵又一朵松茸依次在阿妈斯炯周围升上了地面。

她看到了新的生命的诞生与成长。

她只从其中采摘了最漂亮的几朵，就起身下山了。

她在平底锅中化开了酥油，用小火煎新鲜蘑菇片的时候，她听到儿子和媳妇起床了。听到媳妇娇媚的说话声时，阿妈斯炯真的眉开眼笑了。当他们按城里人的方式完成繁琐的洗漱时，蘑菇也煎好了。她在卧房中换好被露水打湿的衣服时，胆巴和他的新媳妇正吃得眉开眼笑。她看见媳妇把松茸片夹进儿子口中，阿妈斯炯幸福的脸上露出了难过的表情。他们身上还散发着男欢女爱过后留下的味道。

胆巴对妻子说，瞧瞧，阿妈斯炯为你打扮得像过节一样！

媳妇扶着阿妈斯炯坐到小炕桌前，从陶罐中盛了汤，双手奉上。

阿妈斯炯哭了，她咧着的嘴却没有出声，滚烫的泪水哗哗流淌。媳妇也红了眼圈说，胆巴告诉过我，阿妈吃过的苦，阿妈受过的委屈。

阿妈斯炯又笑了，我不是难过，我是幸福。离开干部学校那一天，我就没有指望过，还能过上今天这样的好日子。

胆巴告诉我，宝胜寺恢复那一年，法海舅舅带胆巴去寺院做小和尚，是你连夜走了几十里路把他抢回来的。

哦，那个往生的死鬼！

媳妇小心翼翼挑拣着词汇，你，你，不好的，不顺利的命运都是……

哦，不，胆巴的法海舅舅，他自己就算不得一个真和尚。一个熬茶和尚算什么真和尚？一个有过女人的和尚算什么真和尚？我儿倒能做一个真和尚，但我舍不得他。不说往生的人了。我喜欢你们像现在这样。昨夜，你们俩一起睡在这老房子里，我喜欢得坐在院子里一夜没睡。我希望你们已经种下一个好命的新生命了。

阿妈斯炯还指了指窗口上的那一方青山，说，等有了孙子，我的蘑菇圈换来的钱，才能派上用场。

回城的路上，新婚夫妇回味阿妈斯炯那些话，娥玛倚在胆巴肩上，又哭了一场。她说，我因为什么样的福气，得了这么一个善心的妈妈。

第二年蘑菇季到来前，阿妈斯炯得了一个孙女。

孙女长得像胆巴。大眼睛，高鼻子，紧凑的身板。

阿妈斯炯让胆巴带着她到银行专开了一个存折，上面写了孙女的名字。一个蘑菇季下来，她居然往里面存了两万块钱。

　　又过些年，松茸的价格涨涨跌跌，但到孙女上小学的时候，存折里已经有了十万块钱。

　　那时，前工作组长刘元萱已经退休多年了。丹雅也结过两次婚了。后一次离婚时，她索性办了留职停薪的手续。用从后一任做木材商人的丈夫那里分得的钱作本，自己做起了蘑菇商人。

　　蘑菇生意并不像早年一手钱一手货收进来卖出去那么简单。这个时候的蘑菇生意已经公司化了。那些互为竞争对手的公司小小合作一下，就能把一人游商的发财梦给破了。

　　丹雅也遭受了这样的命运，那笔离婚得来的钱，随着收上来却出不了手的松茸一起消失了。据说，在一家贸易公司门口，看着腐烂的松茸变成臭烘烘的黑色黏液从车厢缝隙里渗出来，丹雅在那里吐了个天昏地暗。她胃里的食物和胃酸，还有眼泪，以及对以往过错的种种悔恨。

从此以后，她成为了另外一个人。即便是她终于取得生意上的成功时，依然没有变回从前那个丹雅。

据说，她在父母家里躺了好几天。第五天，丹雅起了床，宣布说我要从零开始。

退休后无职无权的刘元萱问她，从零开始，你这个零在什么地方。

丹雅承认自己也不知道这个零在什么地方。但她说，你提携过的胆巴都当副县长了，你得让他帮帮我。

刘元萱说，你要找谁帮忙我管不着，惟独不能找他！

丹雅冷笑，当年胆巴追我，你也说这话！不然，我现在是副县长夫人了！

这是一个晴朗的早晨，太阳光斜斜地从东窗上照进来，落在沙发前的地板上。刘元萱受了刺激，脸孔涨得通红，从沙发上站起来，然后就摇摇晃晃地倒下了。他倒在了那方阳光里，张大的眼睛里光芒渐渐涣散。他听见丹雅在打电话叫救护车。他一直在说，用不着了，用不着了。但丹雅没有听见他这些话，只见到一些无意义的白沫从他嘴角溢出来。直到听见了救护车声，丹雅才俯身下来，听见从那些越积越多的白沫中冒出来的微弱的声音。丹雅听到了她父亲最后的那句话，胆巴是你的哥哥，你的亲哥哥。

急救中心的医生冲进屋内，摸摸前工作组长刘元萱的颈子，听听他的心脏，再用小电筒照照他的瞳孔。然后，记下了他的死亡时间。丹雅跌坐在沙发上，欲哭无泪。看着早晨的阳光离开了地面，照到墙边的矮柜上。看到父亲没有了生命的躯体躺在了担架上，蒙上了白布，离开了这个居住了十多年的单元房，上了救护车，往医院的停尸间去了。

在殡仪馆的送别仪式上，县里领导都来了。胆巴也在其中。这时，他已经是常务副县长了。他走到丹雅面前，也像别的领导一样要跟她握手，但是丹雅一下就靠在了他的肩头上哭了起来。这时，还有刻薄的嘴巴悄悄议论，要是当年就嫁给胆巴，她今天就不会这么伤心了。

此情此景，胆巴有些尴尬，说，刘叔叔走了，我也很心伤。

丹雅对他说，爸爸最后留了一句话，他当年不让你追我，因为他也是你的爸爸。

晚上，胆巴眼前浮现出身躺在棺材里穿了西服，涂了口红的那张灰白色的脸，心里有种空洞的悲哀。那是一个颇为抽象与空洞的父亲的概念引发的悲哀。娥玛说，好了，我知道刘叔叔对你好，但人都是要走的。

胆巴犹豫半天，还是把丹雅的话告诉了娥玛。

娥玛说，这不会是真的！

娥玛又说，这事情也可能是真的。

我怎么可能知道她的话是真的。

回去问阿妈斯炯。

这种事我怎么出得了口！

那也得问清楚了。

这么多年不清楚不也过来了。

娥玛很老到地说，不是死去的人的问题，是活着的人的问题。

活人的问题？！

是啊，就是你追求过的丹雅。如果阿妈斯炯说不是，那你就躲着她远远的，不必再去理她。如果是，那就是另一回事，她再不争气，也是你妹妹啊！

蘑菇季到来了，阿妈斯炯捎了信来，叫两口子带着孙女去看她。如今，一天天老去的阿妈斯炯不怎么肯出门了。于是，两口子便在一个星期天带了女儿去看乡下奶奶。

路上，娥玛对胆巴说，我们把孩子奶奶接进城里来住吧。

胆巴心思不在这上头，你自己对她说。

机村离县城不远不近，五十多公里，过去，路不好，就显得离县城远。现在，漂亮的柏油路面，中间画着区隔来往车道的飘逸的黄线，靠着河岸的一边，还建起金属护栏，疯狂了十多年的林木盗伐也似乎真的被扼止住了，峡谷中水碧山青。胆巴两口子，因为阿妈斯炯的蘑菇圈，不必存钱为女儿准备学费，率先买了十多万的富康车，办私事时，都不用公车，这在群众中为这位副县长加分不少。别人的乡下母亲都是一个负担，他们的乡下母亲，却每年都为他们攒几万块钱。

娥玛便常常赞叹，胆巴，你怎么有这么好一个妈妈。

胆巴叹息，我的苦命的妈妈。

有时，娥玛便摇晃着阿妈斯炯的肩头，阿妈斯炯，胆巴是什么命，有你这个好妈妈。

阿妈斯炯叹息之余，又眉开眼笑，可能我上辈子也欠了他的洛卓，这辈子来还。

胆巴说，阿妈斯炯以前你只说，你欠了往生的舅舅的洛卓！

孙女问，什么是洛卓？

阿妈斯炯说，洛卓是前世没还清的债。我欠你死鬼舅爷的是坏洛卓，欠你爸爸的是好洛卓。

胆巴说，要真是如此的话，这辈子我又欠下阿妈斯炯的洛卓了！

那你下辈子还当我儿子吧。

胆巴一句话涌到嘴边，突然意识到不对，又咽了回去。不想，这句话倒被阿妈斯炯说了出来，下辈子我得给你个父亲。

胆巴便说，刘元萱死了。

谁？

当年的刘组长。

阿妈斯炯又挺直了腰背，沉默了一会儿，说，胆巴，这个人就是你父亲。

胆巴说，临死前，他自己也告诉丹雅了。

胆巴以为阿妈斯炯又会说洛卓，会把这一切都归结于宿命和债务。但阿妈斯炯没有这样说。她说的是，这下我不用再因为世上另一个人而不自在了。

这句话出来，娥玛的眼睛就湿了。

胆巴不敢直看阿妈斯炯的眼睛，他看到的是比村子里其他人家整洁的屋子。火塘边擦得锃亮的铜壶，壁橱上整齐排列的瓷器。电视机的屏幕也擦得干干净净。看着看着，胆巴的眼睛也湿了。他第一次以一个男人的视角去想这个女人。她怎样莫名其妙失去了干部身份。她怎样遇到一个本该保护她却需要她去保护的兄长。她怎么独自把一个儿子拉扯成人。她怎样知道儿子的父亲就在身边而隐忍不发。现在，这个人死了，她也只说，这下我不用再因为世上另一个人的存在而不自在了。

娥玛把头靠在阿妈斯炯的肩头上，阿妈斯炯去城里跟我们在一起吧。

阿妈斯炯挺直了的腰背松下来，她说，也许吧，也许吧，可是，我怎么离得开这座房子，还有山上的蘑菇圈。这句话是一个引子，为了引出后面要说的一大段话。她说，这个世界上的很多人，生命是从生下来那一天就开始的。可我的生命是从重新回到机村的那一天开始的。她说，我回来的那一天是个好天气，风吹动着刚刚出土不久的青翠的麦苗，村里人那时还是合作社的社员，他们正在地里锄草。他们都直起腰来看穿着干部衣服的斯炯穿过被风一波波拂动的麦田，走过村里。她说，我在他们的注视下，惟一可以做到的就是不让自己哭出来，不让自己倒下去。知道吗，在工作队里，在干部学校，我学过多少比天还大的道理啊！但是，那些道理都帮不了我。那些道理不能告诉我，为什么法海和尚每天都听见我在山里叫他，他就是忍心不出来。那时我头一回想起那个字眼，洛卓——宿债。我回到家里，一头倒在床上，睡过去了。是胆巴让我醒来的，他动了。肚子里那个小家伙动了。那是胆巴头一次动弹。说到这里，阿妈斯炯对已经四十多岁的儿子伸出手，过来，儿子，过来。胆巴挪动到阿妈斯炯身边。阿妈斯炯伸手揽住了他的脑袋，抱在自己怀中，那时，我就知道，我就是把法海和尚找下山，带回村里，也不能回到干部学校了。我知道，如果我不说出孩子的父亲是谁，那也不能继续穿着好看的干部服了。哦，我在干部学校的皮箱里还有一套崭新的干部服一次都没穿过呢。

年已四十多岁的胆巴鼻子发酸，在阿妈斯炯怀中说出了该在他童年少年时代的艰难时刻就说出的话，我爱你，阿妈，你有没有觉得我也是一个洛卓，一个宿债吧。

不，不，阿妈斯炯猛烈摇头，你在我肚子里的时候，我还没见过你，那时，我只能想，这是我的又一份宿债。真的，我只能那么想。让我怀上你的男人，还有干部学校，都是专讲大道理的，但我知道我肚子里有了一个人的时候，我只知道，我又走上母亲的道路了，她带到这个世界上两个没有父亲的孩子。我只能想，这是我的一份宿债。我的宿债让我犯这些不该犯的错。我不该让一个有妻子的男人在我身上播种，我不该跑到山上去寻找一个该由警察去寻找的和尚。

一生中第一次，胆巴靠在母亲怀中流下泪来。

好孩子，你哭吧。从知道有了你那一天，我就告诉自己我要坚强，我也一直告诉一天天长大的你，要坚强。现在，你哭吧。

娥玛也挪过身子，靠在阿妈斯炯怀中，哭了起来。

阿妈斯炯亲吻媳妇的脸，尝到了她潸然而下的泪水的味道。她说，知道吗，我生胆巴的那一夜，他法海舅舅吓坏了，跑到羊圈里和他的羊群呆在一起。我把胆巴生下来，我把他抱到床上，自己吃了东西，和他睡在一起。我看见他睁开眼睛看了一眼妈妈。那时，我就知道，我的生命真正开始了。我不能再犯一个错了。不管我有没有欠别人的宿债，我也不会再犯一次错误了。我那些话不是对神佛，对菩萨说的，我是对自己说的。现在我知道，我那些话是对的。我的儿子长大了，给我带回来这么好的媳妇，这么漂亮的孙女。

阿妈斯炯突然转了话头，我死后，这座房子就没人住了，就会一天天塌掉吗？

胆巴说，等我退休了，就回来住在这里。

阿妈斯炯高兴起来，她笑了，我还要把蘑菇圈交给你，我要让我的蘑菇圈认识我的亲儿子。

那天晚饭，阿妈斯炯喝了酒。酒使她更加高兴起来。她突然兀自笑起来，对儿媳妇说，你知道吗？那年胆巴带了刘元萱的女儿来过这座房子。我想，雷要劈树了，当哥哥的想娶妹妹了。我对自己说，上天真要把我变成一个听天由命的老太婆，让我死去时都不能甘心吗？

胆巴说，哦，阿妈斯炯，我那时只是可怜她。那么多人讨厌她，我就想要可怜她。他没有说，他青春的肉体也曾热烈渴望那种人们传说中的放荡风情。

阿妈斯炯挥挥手，阻止胆巴再说下去。她说，我能把蘑菇圈放心地交给你吗？

胆巴说，我不会用耙子去把那些还没长成的蘑菇都耙出来。以致把菌丝床都破坏了。

是啊，那些贪心的人用耙子毁掉了我一个蘑菇圈。

我也不会上山去盗伐林木，让蘑菇圈失去阴凉，让雨水冲走了蘑菇生长的肥沃黑土。

是啊，那些盗伐林木的人毁掉了我第二个蘑菇圈。

我担心的不是这个，我担心你的合作社。阿妈斯炯对娥玛说，你知道他想搞一个蘑菇合作社吗？

我知道，那时我刚刚认识他。

你不能让他搞这个蘑菇合作社。

胆巴想说什么，但阿妈斯炯阻止了他。我要你听我说，我不要你现在说话。我知道你的合作社不是以前的合作社。可是，你以为你把我的蘑菇圈献出来人们就会被感动，就会阻止人心的贪婪？不会了。今天就是有人死在大家面前，他们也不会感动的。或者，他们小小感动一下，明天早上起来，就又忘记得干干净净了！人心变好，至少我这辈子是看不到了。也许那一天会到来，但肯定不是现在。我只要我的蘑菇圈留下来，留一个种，等到将来，它们的儿子孙子，又能漫山遍野。

胆巴告诉阿妈斯炯，如今，政府有了新的办法来保护环境——城镇化。这也是真的，胆巴副县长正主抓的工作之一，就是把那些偏僻的和生态严重恶化的村庄的人们往新建的城镇集中。把那些被砍光了树的地方还给树。把那些将被采光蘑菇的地方还给蘑菇去生长。

阿妈斯炯说，我老了，我不想知道你说的这些事。我一辈子都没有弄懂过这个世界上的许多事，我只要你看护好我最后的蘑菇圈。

又过两年。胆巴升职了，他去邻县当了县长。他离家远了。五百公里外，任职的那个县和家乡县中间还隔着一个县。隔一段时间，他都要接母亲来住一段时间。每回，阿妈斯炯都住不长。冬天，她说，天哪，再不回去，这么大的雪要把我院子的栅栏压坏了。春天，她说，再不回去，那些荨麻会长满院子，封住我家门了。更不要说松茸季快到的秋天，天哪，我想它们了。孙女问，奶奶的它们是谁？阿妈斯炯说，奶奶的它们是那些蘑菇，它们高高兴兴长出来，可不想烂在泥巴里，把自己也变成泥巴。

胆巴县长只好派车送她回去。

2013 年，胆巴再次升职，这回是另一个自治州的副州长了。这回，中间隔了五个县，一千多公里了。阿妈斯炯说，天哪，你非得隔我越来越远吗？胆巴说，不是我隔你越来越远，是世界变小了。阿妈斯炯说，哦，那不是越来越拥挤了吗？阿妈斯炯问孙女，就是因为这个缘故，你才要嚷嚷着要去美国念书吗？哦，你去吧，一个老太婆怎么拦得住这个变小的世界啊。孙女说，我就是想看这个世界有多大！

阿妈斯炯说，哦，你爸爸可不是这样说的，他说这个世界变小了。

孙女说，爸爸骗你的，世界很大。

哦，他总是胡说什么世界变小了。哦，这一次他没有骗我，我知道，人在变大，只是变大的人不知道该如何放置自己的手脚，怎么对付自己变大的胃口罢了。只是，我跟不上趟，我还要活在自己的世界里。说完这些话，阿妈斯炯起身回家。

是的，这是 2013 年，气势浩大的夏天将要过去，风已经开始变得凉爽，这是说，初秋，也就是一年一度热闹的松茸季又要来到了。

离村口远远的，阿妈斯炯就下了车，提着她的柳条篮子往村里走。她不想让村里人看见她是坐着官车回来的。她过了桥，手扶着桥上的栏杆时，摸到了温暖的阳光。她走过村里的麦田。现在的麦子不是当年的麦子。这些麦子都是新推广的良种。植株低矮，穗子饱满沉重。没有风。她身上宽大的袍子和手里的篮子碰到了那些深深下垂的饱满麦穗，窸窸作响。

在村口的核桃树下，她小坐一阵，她仰脸对着蓝色的深空说，天哪，我爱这个村子。

还没走到家门口，她就闻到了阵阵浓烈的青草的味道。

她熟悉这种味道。那是很久很久以前，没有公路以前的年代，她还是小姑娘的年代。村子里还有驿道穿过，村东头还有条小街和几家店铺的年代。她在吴掌柜家帮佣，替来往的马帮准备饲草。镰刀下的青草散发出来的就是这种味道。还有就是机村那个饥荒年，人们收割没有结穗的麦草时的味道。现在，鼻腔里充满的这种味道让她停下脚步，身子倚在院墙边，阿妈斯炯对自己说，我是不是要死了。

她听见一个声音说，还不到时候呢。

她说，那我怎么闻见了以前的味道。

阿妈斯炯推开院门，见到的是村子里两个野小子，现在却弯腰在她的院子中，挥动镰刀刈除她不在的这一个多月院子里长满的荒草。牛耳大黄、荨麻和苦艾。就是那些被割倒的草，在阳光下散发出强烈的味道。

这两个野小子几次跟踪她，想发现她的蘑菇圈，这会儿，他们直起腰来对着她傻笑。

阿妈斯炯说，坏小子，你们就是替我盖一座房子，我也不会带你们去想去的地方。

这时自己家的楼上有人叫她，阿妈斯炯！是我，我来看你来了！

恍若是当年工作队在时的情形，从楼上窗口，露出一张白花花的脸。上楼的时候，阿妈斯炯嘀咕说，哪有来探望人的人先进了家门！她的头刚升上楼梯口，便手扶栏杆停下来，要看看是谁如此自作主张。那个人已经在屋里生起了火，此时正背着光站在窗口，让阿妈斯炯看不清脸。阿妈斯炯说，主人不在，得是我们家的鬼，才能随便进出这所房子呢。

那人迎上来，说，阿妈斯炯，我们正是一家人啊。

这回，阿妈斯炯看清了，这是个女人。一个松松垮垮的身子，一张紧绷绷亮铮铮的脸，你是谁？

你记不得我了，我跟胆巴哥哥来过你家，我是丹雅！

阿妈斯炯不知道自己脾气为何这般不好，她听见自己没好气地说，哦，那时你可是没把他当成哥哥。

丹雅笑起来，是啊，那时我爸爸都吓坏了。

阿妈斯炯坐下来，口气仍然很冲，这回，你是为我的蘑菇圈来的吧。

丹雅摇摇手，有很多人为了蘑菇圈找你吗？

没有很多人，可来找我的，都是想打蘑菇圈的主意！

丹雅说，我要跟你老人家说说我自己，我不是以前那个男人们白天厌恶，晚上又想得不行的女人了，我现在是自己公司的董事长和总经理。

阿妈斯炯说，哦，我大概知道总经理是干什么的，可董事长是个什么东西？

董事长专门管总经理。

阿妈斯炯笑了，姑娘，你自己管自己？好啊，好啊，女人就得自己管好自己，不是吗？

得了，阿妈斯炯，你老人家就不能对我好一点吗？我是你儿子的亲妹妹！也许你恨我们的爸爸，可他已经死了。

阿妈斯炯沉默，继之以一声叹息，可怜的人，我们都会死的。

你要死了，蘑菇圈怎么办？我知道你会怎么说，交给胆巴照顾。他照顾不了你的蘑菇圈，他的官会越当越大，他会忘记你的蘑菇圈。

阿妈斯炯像被人击中了要害，一时说不出话来。

丹雅说，阿妈斯炯，你知道什么最刺激男人吗？哦，你是个大好人，大好人永远不懂得男人，他们年轻时爱女人，以后爱的就是当官了。你的儿子，我的胆巴哥哥也是一样。

阿妈斯炯生气了，那就让它们在山上吧。以前，我们不认识它们，不懂得拿它们换钱的时候，它们不就是自己好好在山林里的吗？

我的公司正在做一件事情，以后，它们就不光是在山林里自生自灭，我要把它们像庄稼一样种在地里。

丹雅带着阿妈斯炯坐了几十公里车去参观她的食用菌养殖基地。塑料大棚里满是木头架子。木头架子上整齐排列的塑料袋装满了土，还有各种肥料。工人在那些塑料袋上用木签扎孔，把菌种，也就是广口玻璃瓶中的灰色菌丝用新的木签扎进袋子里。

阿妈斯炯说，丹雅，你的孢子颜色好丑啊！

孢子？什么是孢子？

阿妈斯炯带一点厌恶的表情，指着她的菌种瓶，就是这个东西。

这是菌种！我亲哥的妈妈！

孢子，总经理姑娘，它们的名字就是孢子。我的蘑菇圈里，这些孢子雪一样的白，多么洁净啊。

好了，你说看起来干净就行了。

洁净不是干净，洁净比干净还干净。

你真是一个自以为是的老太太。

我都要死的人，还不能自以为是一下？

丹雅说，阿妈斯炯我喜欢你。

哦，可你还没有让我喜欢上你。

在另一个塑料大棚中，阿妈斯炯看到了那些木头架子上的蘑菇。那是一簇一簇的金针菇。看上去，白里微微透着黄，真是漂亮。

可阿妈斯炯并不买账。她说，蘑菇怎么会长成这种奇怪的样子。没有打开时，像一个戴着帽子的小男孩，打开了，像一个打着雨伞的小姑娘，那才是蘑菇的样子。

丹雅带阿妈斯炯到另一个长满香菇的架子跟前，它们像是蘑菇的样子了吧。

哦，腿这么短的小伙子，是不会被姑娘看上的。

封闭的大棚里又热又闷，阿妈斯炯说，好蘑菇怎么能长在这样的鬼地方，我要透不过气来了。

丹雅扶着阿妈斯炯来到大棚外面。棚子外面，一条溪流在柳树丛中欢唱奔流。阿妈斯炯在溪边洗了一把脸。又上车回机村。那天晚上，丹雅就住在了阿妈斯炯家。晚上，丹雅问阿妈斯炯恨不恨爸爸。阿妈斯炯摇头，恨一个死人是罪过。

我是说他活着的时候。

阿妈斯炯犹疑一阵，说，要是恨他，我自己就活不成了。

那你爱过他吗？

阿妈斯炯一点都不犹豫，没有。

那天夜晚，同一个屋顶下的两个女人都没有睡好。早上，丹雅起床的时候，火塘边壶里的茶开着，却没有人。她洗漱化妆，在一面小镜子中端详自己的时候，阿妈斯炯上楼来了。她说，昨晚我梦见新鲜蘑菇长出来了。上山去，它们真的长出来了。阿妈斯炯打开一张驴蹄草翠绿的叶子，露出来这一年最早出土的两朵松茸。修长的柄，头盔样还没有打开的伞。顶上沾着几丝苔藓，脚上沾着一点泥土。

瞧瞧，它们多么漂亮！阿妈斯炯打开这些叶片，亮出她的宝贝时，神情庄重，姿势有点夸张。

丹雅说，知道吗，阿妈斯炯你这样有点像电影里的外国老太婆。

阿妈斯炯听得出来她语含讥讽。她说，我看过电影，看到过有点装腔作势的外国老太婆，姑娘，那是一个人的体面。

几只蘑菇如何让一个人变得体面？

姑娘，不要笑话人。一个人可以自己软弱，看错人，做错事，这没什么，神佛会饶恕，因为犯错的人自己咽下了苦果。可是一个人要是笑话人，轻贱人，那是真正的罪过。乡下老太婆也不全是你电视里看到那种哭哭啼啼、悲苦无告的样子！

丹雅被这几句话震住了，她脸上挂着难堪的笑容，说，真像电影里的人在说话，那些外国老太婆。

中国老太婆就不会说人话？哦，姑娘，你真像是那该死的工作组长，自以为是，目中无人。我看到那个该死的人把这些不好的东西都传到你身上了。

这句话把丹雅震住了。她无话可说，打开化妆盒往脸上刷粉，她停不下手，以至于脸上再也挂不住，都洒落在她衣服前襟和暴露的胸脯上了。

阿妈斯炯开始做早餐，她调上面糊，把新鲜蘑菇切成片，搅和在里面，然后，在化了新鲜酥油的平底锅里嗞嗞摊开。她说，这是孙女和她一起研究出来的食谱。对，她还是你的亲侄女呢。你的亲侄女说，这叫机村比萨。

我的亲侄女，机村比萨？

别往脸上涂那些东西了。灰尘能遮住什么？风一吹，雨一淋，什么都露出来了。坐下来吃饭吧。

丹雅坐下来，和阿妈斯炯一样细嚼慢咽。然后，她发出了由衷的赞叹。

这一次，丹雅在阿妈斯炯家呆了三天。她没有谈生意上的事情，就是吃各种做法的松茸，以及种种不那么值钱的蘑菇。

2014年，新的蘑菇季到来的时候，村里的道路拓宽了，还新铺了硬化的水泥路面。这使得丹雅可以一直把小汽车开到阿妈斯炯院子门口。这回，丹雅还带来了胆巴的继任者，新任的县长。

新县长说，我终于见到名声远扬的蘑菇圈大妈了。

丹雅说，阿妈斯炯，我对县长说过你的机村比萨是如何美味了。

县长说，不知道我有没有这个口福。

阿妈斯炯不知道自己为什么会心里不痛快，她说，这回是不行了，今年雨水少，新鲜蘑菇要迟到了。

丹雅说，我们看到村里已经在收购松茸了。

阿妈斯炯说，那是别人的，着急的人会把没长成的松茸从土里刨出来，反正今年我的松茸是迟到了。

丹雅对县长说，县政府该下个文件，命令蘑菇不准迟到。

县长站起身，既然来了，就四处去看看，看看县政府的文件里该写些什么？

丹雅和新县长下了楼，阿妈斯炯站在窗口，看见院子里已经聚了好多人，这些人是乡政府的干部，和村里的干部。一群人跟在县长和丹雅后面，出了院子，穿过村子，上山去了。这些人一直在半山上逛来逛去，中午到了也没有下山。只有丹雅和村干部下山来了。村干部弄了午饭送上山去。丹雅就在阿妈斯炯家休息。她穿着硬邦邦的皮鞋，在山上走得把脚磨破皮了。

阿妈斯炯问丹雅，她弄这么一干人到山上去干什么。

丹雅说，他们来找你的蘑菇圈。

阿妈斯炯弄不准她是认真的，还是只是一句玩笑话。但她心想，我的蘑菇，谁也找不见。她说，我知道，你们就是不肯死心，还要弄那个该死的合作社。

丹雅笑了，你的亲儿子都搞不成的事，我还敢想？我不搞什么合作社，我不搞什么公司加农户，这都是些小打小闹的小生意，我要做的是大生意，大事情。

你真的不是来打我那些蘑菇主意的？

阿妈斯炯啊，你说说，你那些蘑菇一年能挣几个钱？

几个钱？两万多块是几个钱？

阿妈斯炯啊，如今我要挣的是一百个两万，我想挣的是一千个两万。

我们这山上哪有你想要的那么多钱。

丹雅很得意，真正的大钱都不是一样一样买东西挣来的。会挣的，不挣那种辛苦钱。如今发大财的，都不是挣辛苦钱的人。阿妈斯炯，时代不同了！

阿妈斯炯说，时代不同了，时代不同了，从你那个死鬼父亲带着工作组算起，没有一个新来的人不说这句话。可我没觉得到底有什么不同了。

丹雅列举种种新事物，从公路到电话，到电视机，到汽车，到松茸和羊肚菌都能卖到以前百倍的价钱，她说，你真的没有看到这些变化吗？

我只想问你，变魔法一样变出这么多新东西，谁能把人变好了？阿妈斯炯说，谁能把人变好，那才是时代真的变了。

丹雅说，这样的时代真的要到来了。电脑，你知道吗，电脑。

阿妈斯炯说，我孙女，那么漂亮的女孩子，先是到别人菜园子里偷菜，后来干脆在上面杀人！

这么跟你说吧，将来把缩小的电脑装在人脑子里，叫他做什么他就做什么，叫他想什么他就想什么！

阿妈斯炯笑起来，你的话有点像那些自诩法力无边的喇嘛了！

那么，还是说说你的蘑菇圈吧。

对了，这才是你，说到底还是在打我蘑菇圈的主意了。

我不要你的蘑菇圈，我要做的这件事，有时需要借用一下你的蘑菇圈。阿妈斯炯，容我把话说完。我只是借你的蘑菇圈用一下，不要你一朵蘑菇。

借用？一个搬不动的蘑菇圈，怎么借用？

我现在还不能告诉你。今年我还用不上。或许，明年我就用得上了。也许，到你死的时候，我还用不上呢。这只是我的一个创意，一个想法。

阿妈斯炯松了口气，那就等我老太婆死了以后吧。

丹雅说，你真想死的话，死前我们娘俩得签个协议，你死后，我有蘑菇圈的使用权。

阿妈斯炯说，你们连死人都不肯放过啊！

丹雅说，听胆巴说，你给孙女存了一笔钱，可以告诉我有多少吗？

我不告诉你，反正够她上大学了。

我猜猜，你自己说了，你的蘑菇圈一年能挣两万多块钱，现在有二十万？三十万？你的孙女也是我的侄女，我的亲侄女。她想的是到外国上大学，美国、英国、法国，都是最先进的国家。阿妈斯炯啊，你那点钱，要是在外国，交一年的学费就花光了！你知道在外国念大学要多少年？！

阿妈斯炯说，我不知道。

如果读到博士，要十年！

那她年轻的时候，除了读书，什么都不干？

这时，县长一行从山上下来，丹雅便不想再跟阿妈斯炯交谈，要去迎县长了。临走，丹雅还对阿妈斯炯说，想想我说的话。

阿妈斯炯生气了，我不准你打我蘑菇圈的主意。

丹雅也拉下脸来，你的蘑菇圈？阿妈斯炯，山是你的吗？那是国家的。国家真要，你拦得住吗？

这句话弄得阿妈斯炯忧心忡忡。

整个蘑菇季，丹雅没有再出现，国家也没有来宣布这座山的权属。但村子里已经在传说，机村山上盛产松茸的栎树林将要被圈起来。圈起来干什么？机村人当然记得，多年前，宝胜寺在胆巴的帮助下，把寺院后山圈起来，封山育林，寺院靠这个垄断了山上的松茸资源。其实，丹雅的公司要做的是一个机村人和其他人都不太懂的项目。这个项目叫做野生松茸资源保护与人工培植综合体。这些字明明白白写在丹雅公司送给县政府的策划书上。但人们都说不好这个复杂的新词句，自然也无从讨论这件事情。这好比一个人不在场，人们又弄不清她的名字，那么，人们怎么可能聚在一起议论一个人呢？

再者说，这件事情在2014年并未付诸行动。因为这个综合体还只是丹雅公司弄出来的一个策划案。这个方案要得到政府的审批，审批后更需要申请国家农业口的扶持资金，以及银行贷款。这个综合体项目的实施，就算是一切顺利，也要等到 2015 年或者 2016 年。或者，永远也不会实现。松茸的人工培植，在世界范围内都还没有实现。在丹雅的设计中，她是要把这个阿妈斯炯的蘑菇圈圈在她的综合体内。2015 年或 2016 年，她就要带着政府和银行的官员来参观正在生长野生松茸的蘑菇圈。那时，她要当场宣布，丹雅公司已经成功在野外条件下人工培植松茸成功，等到技术成熟稳定后，就要进行面对市场的批量化生产。

那时，丹雅公司就不愁筹不到大笔的资金，等这些资金到手，她就可以垄断区域性的松茸市场，不但如此，她还可以把用不完的钱投到更赚钱的生意上面。

阿妈斯炯，以至全机村没人能弄得懂这么复杂的生意经，所以，蘑菇季到来的时候，他们还是按照惯常的方式争先恐后上山采松茸，同时看到政府干部和丹雅公司的人在山上勘测，用仪器测量，画线打桩。

要是把这些标了一个个号码的木桩用铁丝连接起来，几乎把机村能生松茸的地方都包括在内了。

机村人开玩笑说，阿妈斯炯啊，这个蘑菇圈可比你的蘑菇圈大多了！

阿妈斯炯说，我年纪大了，要真满山都种满了松茸，我也就不用上山了。

你上不动山的时候，会把你的蘑菇圈告诉我们吗？

阿妈斯炯坚决摇头，不，等你们把所有蘑菇都糟蹋完了，我的蘑菇圈就是给这座山留下的种。

乡亲们不便反驳，因为他们知道，再这样下去，再过些年，也许满山就只剩下阿妈斯炯的蘑菇圈里还有松茸在生长了。

他们自己解嘲说，我们不操这个心，也许没有了松茸的时候，这山上又有什么别的东西值钱了呢？

阿妈斯炯摇手，那就祈祷老天爷不要让我活到那一天。

蘑菇季快结束的时候，阿妈斯炯拿起手机，她想要给胆巴打个电话。

她要告诉儿子，自己腿不行了，明年不能再上山到自己的蘑菇圈跟前去了。

她发现，这一回，跟她年轻时处于绝望的情境中的情形大不相同。心里有些悲伤，但不全是悲伤。心里有些空洞，却又不全是空洞。

两个小时前，她从山上下来的时候，连摔了几跤。不是在雨后泥泞的倾斜的山道上不小心滑倒，也不是在草坡上被那些纠缠的草棵绊倒，是她的老腿没有力量支撑住自己的身子而倒下的。倒下后，她也没有力气马上让自己站起身来，或是护住柳条筐中的松茸。她眼睁睁地看着倾倒的筐子中，松茸一只只滚出了筐子，滚下山坡。当她挣扎着站起身来，收捡那些四散开去的松茸时，又一次次感到膝盖发酸发软，终于又瘫倒在地上。阿妈斯炯倒在草地上，她支撑起身子后，雨后的太阳出来了，照耀着近处的栎树、杉树和柳树，照着远山上连成一片的树，满眼苍翠。而在这空濛的苍翠之上，还横着一条艳丽的彩虹。她听见自己说，斯炯啊这一天到来了。

阿妈斯炯在山坡上休息了很长时间，然后终于还是把那些失落的松茸捡回到筐子里，回到了家里。她又花了很多时间，才把自己身上弄干净了。这才拿起了手机。

这只手机是胆巴买了专门留给她的。

她从来只是在儿子，或者儿媳，或者孙女打来电话时，在叮叮当当的响亮的音乐声中拿起电话，和他们说话。也就是说，阿妈斯炯不知道怎么用手机往外打电话。夕阳西下时分，她拿着手机出了门，在村道上遇到一个人，她就拿出手机，帮忙给胆巴打个电话，我要跟他说话。

人家说，阿妈斯炯啊，我们没有胆巴的电话号码。

直到在村委会遇见村长，这才让人家帮着把电话打通了。

她说，胆巴呀，看来我要把蘑菇圈永远留在山上了。

胆巴很焦急，阿妈生病了吗？

阿妈斯炯觉得自己眼睛有些湿润，但她没有哭，她说，我没有病，我好好的，我的腿不行了，明年，我不能去看我的蘑菇圈了。

阿妈斯炯，你不要伤心。

儿子，我不伤心，我坐在山坡上，无可奈何的时候，看见彩虹了。

阿妈斯炯听见胆巴说话都带出了哭声，他说，阿妈斯炯，我的工作任务很重，我离不开我的岗位，不能马上来看你！你到儿子这儿来吧！

阿妈斯炯因此很骄傲，她关掉电话，说，我有个孝顺儿子，我一说我的腿不行了，他就哭了。她从村委会出来，慢慢走回家去，一路上，对她遇到的五个人，她都说，我对胆巴说我的腿不行了，胆巴是个孝顺儿子，他都哭起来了。

第二天，丹雅就上门了。

丹雅带了好多好吃的东西，阿妈斯炯，我替胆巴哥哥看望你老人家来了。胆巴哥哥让我把你送到他那里去。

阿妈斯炯说，我哪里也不去，我只是再也不能去我的蘑菇圈了。

丹雅说，那么让我替你来照顾那些蘑菇吧。

阿妈斯炯说，你怎么知道如何照顾那些蘑菇？你不会！

丹雅说，我会！不就是坐在它们身边，看它们如何从地下钻出来，就是耐心地看着它们慢慢现身吗？

阿妈斯炯说，哦，你不知道，你怎么可能知道！

丹雅说，我知道，不就是看着它们出土的时候，嘴里不停地喃喃自语吗？

阿妈斯炯说，天哪，你怎么可能知道！

丹雅说，科技，你老人家明白吗？科学技术让我们知道所有我们想知道的事情。

阿妈斯炯说，你不可能知道。

丹雅问她，你想不想知道自己在蘑菇圈里的样子？

阿妈斯炯没有言语。

丹雅从包里拿出一台小摄像机，放在阿妈斯炯跟前。一按开关，那个监视屏上显出一片幽蓝。然后，阿妈斯炯的蘑菇圈在画面中出现了。先是一些模糊的影像。树，树间晃动的太阳光斑，然后，树下潮润的地面清晰地显现，枯叶，稀疏的草棵，苔藓，盘曲裸露的树根。阿妈斯炯认出来了，这的确是她的蘑菇圈。那块紧靠着最大栎树干的岩石，表面的苔藓因为她常常坐在上面而有些枯黄。现在，那个石头空着。一只鸟停在一只蘑菇上，它啄食几口，又抬起头来警觉地张望四周，又赶紧啄食几口。如是几次，那只鸟振翅飞走了。那只蘑菇的菌伞被啄去了一小半。

丹雅说，阿妈斯炯你眼神不好啊，这么大朵的蘑菇都没有采到。她指着画面，这里，这里，这么多蘑菇都没有看到，留给了野鸟。

阿妈斯炯微笑，那是我留给它们的。山上的东西，人要吃，鸟也要吃。

下一段视频中，阿妈斯炯出现了。那是雨后，树叶湿淋淋的。风吹过，树叶上的水滴簌簌落下。阿妈斯炯坐在石头上，一脸慈爱的表情，在她身子的四周，都是雨后刚出土的松茸。镜头中，阿妈斯炯无声地动着嘴巴，那是她在跟这些蘑菇说话。她说了许久的话，周围的蘑菇更多，更大了。她开始采摘，带着珍重的表情，小心翼翼地下手，把采摘下来的蘑菇轻手轻脚地装进筐里。临走，还用树叶和苔藓把那些刚刚露头的小蘑菇掩盖起来。

看着这些画面，阿妈斯炯出声了，她说，可爱的可爱的，可怜的可怜的这些小东西，这些小精灵。她说，你们这些可怜的可爱的小东西，阿妈斯炯不能再上山去看你们了。

丹雅说，胆巴工作忙，又是维稳，又是牧民定居，他接了你电话马上就让我来看你。

阿妈斯炯回过神来，问，咦！我的蘑菇圈怎么让你看见了？

丹雅并不回答。她也不会告诉阿妈斯炯，公司怎么在阿妈斯炯随身的东西上装了GPS，定位了她的秘密。她也不会告诉阿妈斯炯，定位后，公司又在蘑菇圈安装了自然保护区用于拍摄野生动物的摄像机，只要有活物出现在镜头范围内，摄像机就会自动开始工作。

阿妈斯炯明白过来，你们找到我的蘑菇圈了，你们找到我的蘑菇圈了！

如今这个世界没有什么是找不到的，阿妈斯炯，我们找到了。

阿妈斯炯心头溅起一点愤怒的火星，但那些火星刚刚闪出一点光亮就熄灭了。接踵而至的情绪也不是悲伤，而是面对一个完全陌生的世界那种空洞的迷茫。她不说话，也说不出什么话来。

只有丹雅在跟她说话。

丹雅说，我的公司不会动你那些蘑菇的，那些蘑菇换来的钱对我们公司没有什么用处。

丹雅说，我的公司只是借用一下你蘑菇圈中的这些影像，让人们看到我们野外培植松茸成功，让他们看到野生状态下我公司种植的松茸在野外怎样生长。

阿妈斯炯抬起头来，她的眼睛里失去了往日的亮光，她问，这是为什么？

丹雅说，阿妈斯炯，为了钱，那些人看到蘑菇如此生长，他们就会给我们很多很多钱。

阿妈斯炯还是固执地问，为什么？

丹雅明白过来，阿妈斯炯是问她为什么一定要打她蘑菇圈的主意。

丹雅的回答依然如故，阿妈斯炯，钱，为了钱，为了很多很多的钱。

阿妈斯炯把手机递到丹雅手上，我要给胆巴打个电话。

丹雅打通了胆巴的电话，阿妈斯炯劈头就说，我的蘑菇圈没有了。我的蘑菇圈没有了。

电话里的胆巴说，过几天，我请假来接你。

过几天，胆巴没有来接他。

胆巴直到冬天，最早的雪下来的时候，才回到机村来接她。离开村子的时候，汽车缓缓开动，车轮压得路上的雪咕咕作响。阿妈斯炯突然开口，我的蘑菇圈没有了。

　　胆巴搂住母亲的肩头，阿妈斯炯，你不要伤心。

　　阿妈斯炯说，儿子啊，我老了我不心伤，只是我的蘑菇圈没有了。